小白马

妈妈的星石岛

The Isle of a Thousand Stars

〔瑞典〕埃玛·卡林丝多特　著

杨青芷　译

黑龙江少年儿童出版社

黑版权审字：08-2020-010 号

图书在版编目（ＣＩＰ）数据

妈妈的星石岛 /（瑞典）埃玛·卡林丝多特
(Emma Karinsdotter) 著；杨青芷译 . -- 哈尔滨：黑
龙江少年儿童出版社，2020.6（2020.7 重印）
ISBN 978-7-5319-6529-9

Ⅰ.①妈… Ⅱ.①埃… ②杨… Ⅲ.①儿童小说－长
篇小说－瑞典－现代 Ⅳ.① I532.84

中国版本图书馆 CIP 数据核字 (2020) 第 084514 号

TUSEN STJÄRNORSÖ (Eng. title: THE ISLE OF A THOUSAND STARS)
Copyright © Emma Karinsdotter 2019
Simplified Chinese translation copyright © 2020 by Beijing White Horse Time Culture
Development Co., Ltd.
Published by agreement with Salomonsson Agency AB, through The Grayhawk Agency Ltd.
ALL RIGHTS RESERVED

妈妈的星石岛 MAMA DE XINGSHI DAO

〔瑞典〕埃玛·卡林丝多特 著　杨青芷 译

出 版 人：商　亮
出 品 人：李国靖
特约监制：陈美珍
责任编辑：何　萌
特约策划：刘孟琳
封面设计：陈　飞
封面绘图：李那那
版式设计：赵梦菲
出版发行：黑龙江少年儿童出版社
　　　　　（黑龙江省哈尔滨市南岗区宜庆小区 8 号楼 150090）
网　　址：www.lsbook.com.cn
经　　销：全国新华书店
印　　刷：三河市兴博印务有限公司
开　　本：880mm×1230mm　1/32
印　　张：9
字　　数：105 千字
书　　号：ISBN 978-7-5319-6529-9
版　　次：2020 年 6 月第 1 版
印　　次：2020 年 7 月第 2 次印刷
定　　价：42.00 元

只有一条斑纹的虎

　　你是不是觉得小孩都爱过生日，巴望着天天过？才不是呢，至少我不是这样的。12 月 22 日，这个日子是我的生日，也是我妈妈去世的日子。我一岁生日那天，爸爸和妈妈要给我准备生日宴会，结果忘记买气球了。在我们出门去买气球的路上，一辆卡车不知从哪儿冲了过来，妈妈就这么没了。气球不会有了，我家再也没出现过气球。聚会也没有了，那次没有，以后也不会再有。

　　出事的时候我也在车上，我胸口上至今还有一道长长的疤痕。大卡车撞上来的时候，有个尖尖的东西飞到空中，刺进了我的胸口，正对着心脏的位置。医生给我缝合了伤口，那时我还是个小不点儿，他们救活了我，可是没能救

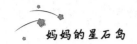
活我妈妈。她可是我妈妈啊。有时候我会觉得，爸爸在那场事故中也死去了。我知道这么说太扯了，因为他还活着。

可是，他看起来像是丢了魂。

出事那天是爸爸开的车，奶奶说不怪他，这事谁也不怪。要知道，那天下了入冬以来的第一场雪，交通信号灯又坏掉了。事故中爸爸没有受伤，事后他看起来一切正常，只是有一点变了——他的眼睛。我见过事故前后爸爸的照片，妈妈在世的时候，爸爸看起来就像个可爱的父亲，眼里有光。妈妈去世后，他就一副郁郁寡欢的样子，眼中的光彩也熄灭了。

妈妈给我取了个不同凡响的名字，是个拉丁文名——蒂格里丝，老虎的意思。然而我是个只有一条斑纹的虎，就是胸前穿过的那道伤疤。

我小的时候，每当想跟爸爸谈论妈妈，他总说我们得忘掉她，继续我们自己的生活。不过我老是想起妈妈，爸爸也是。他说就算我们不谈论妈妈，她也一直在我们身边。

"在哪儿呢？"我问道，"那妈妈是在哪里呢？"

"在我心里。"他回答说，眼神真挚地望着我。

"怎么在呢？像个盒子一样存在里面吗，还是怎样的？"

"算是吧。"爸爸回答道。

那时我还不懂爸爸的深意，我毕竟还小。可是，在我十一岁生日的时候，一切都变了。那天我发现了一只箱子，终于明白了爸爸话里的意思。

生日的前一晚我翻来覆去睡不着。那时我们刚刚搬进新公寓，住在郊区。奶奶也跟着我们搬了过来，就住在离我家不远处。公寓里到处堆着箱子和家具，我的房间有一面光秃秃的墙、一张床、一只空荡荡的大衣柜和一扇窗户。不过有了窗户也是浪费，窗外没什么景色可看。

这不是我熟悉的房间，它里里外外都是新的，我只是住在这里。才住了短短几周，我就想从这里逃离了。我想回到以前住的公寓，那里还有些许妈妈的气息。我以前的卧室是淡蓝色的，是她亲手粉刷的，墙上的装饰画也是她亲手挂上去的。有一次她把花盆弄掉到地板上，留下了一个磕痕，专属于妈妈的磕痕，我常常去看。我曾经偷偷地用手盖住磕痕，小声喊"妈妈"，假装是她刚刚弄掉了花盆。我不愿搬家，而且讨厌搬家，但是我们别无他法。我们住不起那个公寓了。我躺在新房间里自己以前的床上，想念着妈妈。我感觉到她的气息在渐渐消散。

我开始寻找夜空里的点点繁星，我以前睡不着的时候就爱看星星。从新房间的窗户往外望去，压根儿就没有星星的影儿，只看到一个大大的标志牌，上面写着"禁止

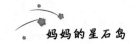
停车"。

我躺在黑暗中，想着妈妈的模样。这时候我突然听到了说话声，有人在窃窃私语！就在我的卧室外面，是爸爸和奶奶的声音。他俩的声音我听过无数遍了，不过从没听他们这么说过话。两个人像是在争论什么，我没听到具体内容。这时奶奶抬高了声音说："你必须得告诉她了，麦洛，事情都过去十多年了，蒂格里丝有权利知道这一切。"

有权利知道什么？我内心充满疑惑，于是我蹑手蹑脚地下了床，耳朵贴近卧室门，然而谈话声没了，黑暗中又只剩下孤零零的我。

后来我一定是睡着了，醒来时卧室门开着，有人在唱歌：

"祝你生日快乐，祝你生日快乐……"

就一个人，明明应该有两个的！

我打断了奶奶唱到一半的《生日歌》。

"爸爸人呢？"我问道。

奶奶轻轻叹了口气，低头望着手里的早餐盘。一杯热巧克力还冒着热气，一个鼓鼓的红色盒子快掉下去了，她赶紧用手推了一下。十一支小巧的蜡烛在生日蛋糕上欢快地闪烁着，像以往的生日一样，在床上用早餐是我们的传统。可是爸爸不在——这太不同寻常了。

"生日快乐，蒂格里丝小甜虎！"

奶奶慈爱地笑了笑。她喊了我的小名，以前她逗我开心的时候就这么喊。她正要把餐盘放在床头柜上，突然意识到我这个新房间里没有。床头柜还在别的房间，因为刚搬过来，一切都乱糟糟的还没收拾。奶奶只好把餐盘放到我的小毯子上，然后坐在我床边。

"爸爸还在睡觉呢，宝贝。我不想叫醒他。"

她抚摸着我的脸颊，眼睛里流露出悲伤的神色。

"他等会儿会跟我们一起吗？"我问道，"一会儿去扫墓的时候？"

"会的，估计他那时候情绪就会好点了，他只是一直以来太累了。"奶奶解释说。

太累了，行吧。大人老这么遮遮掩掩的，明知不是事实还这么说。爸爸其实是抑郁了，他因病在家休养，靠伤残补助生活，已经好几年了。他以前是个摄影师，出事后没法再工作，把所有的宝贝相机一个个卖掉了。

"你妈妈去世后，我眼里的世界一片灰色，摄影师怎么能看不到色彩呢，蒂格里丝。"有一次我问起的时候爸爸这么说。

爸爸意志消沉并不是他的错，他也努力想表现得开朗乐观。奶奶说，抑郁是一种病，就像人摔断了骨头，

只不过抑郁是种心理上的疾病。每年秋天黄叶飘落的时候，爸爸也像跟着黄叶枯萎凋零了一样。每年我生日临近的时候，他整个人都是一副消瘦又憔悴的样子。年年岁岁都是这样。

不过今年冬天比以往更甚，我以前从没见过爸爸这个样子。他瘦到几乎变成透明人。自从得知我们必须要搬家后他就这样了，在这之前他情绪偶尔还好一些，我们会一起做些开心的事情——参观博物馆、玩扑克牌、一起做饭什么的。

我特别喜欢跟爸爸一起做饭。妈妈在世的时候，爸爸就很喜欢下厨。他的厨艺特棒，尤其擅长做希腊菜，因为希腊是他和妈妈初次相遇的地方。那时候爸爸在亲戚家做客，妈妈在希腊度假。他做的传统希腊菜——茄子土豆千层面是我的最爱，以前都是爸爸把土豆那层铺在烤箱里，由我来涂抹番茄酱，加蔬菜碎。每次我们一起做这道菜的时候，我都有种夏天的感觉，像是身处温暖的沙滩，沐浴着和煦的阳光。

不过自从搬家后我们就再也没做过这道菜，爸爸多数时间都呆坐在……我想说电视机旁，因为以前我们住的公寓的这个地方放的是台电视机，不过在这里爸爸的面前是个鱼缸。奶奶说电视机在搬家的时候弄丢了，我觉得有点奇怪，毕竟所有的东西都是我们三人亲手搬的。我猜是奶奶把电视机扔了，然后买了个鱼缸，注满水放在这儿。

"不过金鱼得你俩自己去挑选，这样的话你们就能养自己喜欢的了。"奶奶曾叮嘱说。

直到现在鱼缸里还没有鱼，爸爸也没兴致去买，他说是因为这次搬家耗尽了所有的心力。不过要我说，他一开始也没有那么多精力可耗费吧。如今他就常常枯坐在那儿，盯着空荡荡的鱼缸，一坐就是一整天。

其实鱼缸里也不是真的空无一物，缸底有块灰色的大石头，以前它放在旧公寓的电视机旁，爸爸就常常坐在旁边。除了石头，缸里还有个小气泵，常常冒出一串串的气泡。爸爸的主业就是一天到晚盯着这个鱼缸。奶奶说，有个鱼缸多好啊！她对美好的东西毫无抵抗力，比如说，她最爱的糖果（瑞典产的菲丽都糖，多种口味，内酸外甜，表面有咸味）、可爱的小猫咪、小饼干、填字游戏、希腊沙滩风景图、头发往后梳得很有型的英俊小伙子。奶奶就是这样的人，她热爱所有美好的东西！

当然，她也特别爱我。

"小甜虎，"她示意旁边那个蛋糕，"你不想许个愿吗？今天可是你的生日呢！"

烛光还在欢快地跳跃着。

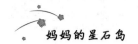

"想要什么就许什么吧！"奶奶说。

我照做了，闭上眼睛，许愿希望爸爸能开心起来，希望夏天的感觉永远都在。尽管我知道不可能，完全是痴心妄想，我还是许愿能再见妈妈一面，最后一次，就只这一次。许完愿后我深吸一口气，吹灭了蜡烛。

等我睁开眼睛，生日蜡烛上的烟气还未散尽，一切如常，没有一丝变化。我就知道许愿要求什么的行为有点傻，愿望成真只有在童话里才会出现。

不过奶奶看起来开心极了。

"过生日多棒啊！现在你可以拆礼物了。"她说着递给我一个锡纸包装的盒子。

里面是一件缀有小亮片的毛衣，几支我一直渴望的日本产的钢笔。爸爸送我的是一本书，看起来还蛮有意思，不过还有……

"……毛绒玩具？"我嘟囔道，随手拿起了这个尾巴蓬松的粉色松鼠。

我惊讶地望着奶奶。

"可是，我都十一岁了啊。"我抗议地说。

要是换了世上其他人给我一个玩具松鼠当十一岁生日礼物，我一定会气疯的。谁会这么干啊？我已经是十一岁的孩子了，谁还会送我毛绒玩具啊？

"去年我就跟他说不想要玩具了，就在过生日他送给我玩具熊猫的时候。还有前年，他送我玩具海豚时我也说了。难道你们都不在意我说过的话吗？"

话音刚落，我看到了奶奶眼中难过的神色。她正轻柔地摩挲着包装纸。

"麦洛在店里看到这个可高兴了……"她轻声说。

"……高兴？"我反问道。

我低头看着膝盖上的松鼠，小小的一只。她棕色的亮晶晶的眼睛深情地望着我。我刚才所有的不快都烟消云散了。

"你喜欢她吗？"奶奶问道。

我郑重地点点头，抚摸着松鼠柔软的脸颊。

"那么，你打算给她起个什么名字呢？"奶奶问。

"呃，我不打算给她起名字。"我回答道，随之移开了视线。

不过她会有名字的。其实她已经有了。我决定留下她的那一刻就帮她想好了，她叫小恶魔。不过这名字略显尴尬，连奶奶也不能告诉。

吃过早餐，奶奶去厨房洗盘子。我轻轻地推开了爸爸卧室的门，地板上面铺了个床垫，他正躺在上面打呼噜。也许你以为我会生他的气，过生日送敷衍的毛绒玩具，还

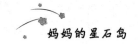

错过了我的生日早餐？不，我不可能对爸爸生气的。我看着他熟睡的样子，身上还穿着昨天的衣服。别人的爸爸穿帅气合体的牛仔裤、衬衫、毛衣之类，我爸爸不是，他总是穿着宽松的运动衣。有时我会想，我的爸爸比别人的爸爸更敏感吧，这也许是他喜欢柔软舒适的衣服的原因。

有一次我对他说："你看，你就只穿连帽衫和运动裤。"

他狡黠地回道："才不是，今天我穿的是运动裤和连帽衫。"

他说着自己都笑了，不过后来他还是去买了新衣服。新衣服还是老风格，现在他不光有黑色的运动衣了，还有一套灰色的。

既然我不能对爸爸生气，那我有脾气就只好对别人发了。我不经常发火，一年也就寥寥几次吧，不过偶尔会突然情绪爆发。有时我会对奶奶大发脾气，如果地铁晚点了，我也会对地铁怒气冲冲的。有一次我甚至对一颗土豆生起气来。

爸爸还在酣睡，我不想吵醒他。我轻手轻脚地关上了门，去客厅的一堆家具里找我的床头柜。我搬开了搬运箱，挪走了黑色的大垃圾袋，袋子特别重，不过我还是提起来了。我的床头柜就在垃圾袋后面，它是白色的，上面有几张猫咪贴纸。我快够到床头柜时，突然发现了不同寻常的东西。

　　是一只木箱。

　　它看起来跟其他搬运箱不同，体积略大，箱体是由磨损的旧木板拼成的，就像一个普通板条箱上面加了个盖子，看起来很显眼，有点非比寻常的样子。我以前从未见过它，这没什么奇怪的。最引人注目的是盖子上的字，是妈妈的名字。上面写着："莱拉的物品。"

莱拉的物品

　　我定在那里挪不动步。我看起来一定很奇怪，手像是要伸向床头柜，脑袋却偏过来对着木箱，好似一棵古怪的树，只有两个分权的那种。

　　"莱拉的物品。"我知道的所有关于妈妈的故事，都是爸爸和奶奶讲给我的。其实也没多少事情，真的寥寥无几。我想知道有关妈妈的一切，不过一谈起她，爸爸就很难过的样子，奶奶也变得十分别扭和不安。这时，气氛就会陷入古怪的沉默，令人十分不自在。只有我和奶奶两人在的时候，我们有时会谈起妈妈，不过只是偶尔罢了。以奶奶的性格，她更愿意谈论美好的事情，所以妈妈过世这事就不怎么想提。不过我常常在想，妈妈、爸爸和我，我们一家三口一起生活过的日子，一定是甜蜜美好的，我是说以前。在我看来，有时候，爸爸和奶奶太在意她去世这件事了，老是闭口不谈，却忽略了她也开心地活过。

爸爸曾经说我像妈妈。那次我们在美术馆的咖啡厅里喝茶，我在吃肉桂卷，把糖沾得满脸都是。我拿餐巾纸擦了又擦，还是没擦掉。爸爸咯咯地笑了起来，他说：

"你看起来太像莱拉了。她每次吃肉桂卷也是沾得半边脸都是。"

那一刻，他好像忘记了妈妈是我们之间的禁忌话题。听到这话我有点得意，不假思索地问道："要是我让你想起妈妈的话，你看到我会伤心吗？"

话一出口我就后悔了，因为我看到了爸爸黯淡的眼神。

他沉默了一会儿，然后才回答我：

"不会的。"

可他的眼睛告诉我："会的。"

我知道妈妈以前是个布景设计师，戏剧里需要创造出一番新天地，就由她来决定舞台怎么布置，比如背景墙是什么颜色，舞台上的家具和小道具要放哪些，怎么布置细节才能真实还原要演绎的故事。戏剧是妈妈的生命。我还知道，她有着天空般的蓝眼睛、深棕色的长发。有一次爸爸说，妈妈本人就跟她的长发一样。

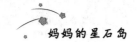

"这怎么说？"我好奇地问道。

"她肆意生长、自由奔放，简直……超凡脱俗。"

我们家没有挂妈妈的照片，怕爸爸看了会难受。不过我有个绿色的罐头盒，存着一些重要的物件，里头有几张妈妈的照片。这个有着妈妈气息的罐子放在窗台上，她就定格在里面。这几张照片里妈妈都是满脸笑容，看起来就是那种让人很想亲近的人。有一张是妈妈在去哥特兰岛的船上吃冰淇淋的照片，她开心地笑着，头发被风吹到了冰淇淋上，看起来黏糊糊的。还有一张是妈妈和我在奶奶家的老樱桃树上坐着，我戴着一顶绿色的小帽子，穿着红色的连体睡衣。照片里我坐在妈妈的臂弯里，她正看着我，笑容明媚。可能她当时在想，这孩子看起来真像颗大樱桃啊。我抬头看着妈妈，笑容天真无邪，可能在想，眼前这位是世界上最好的妈妈了。

罐子里最后一张妈妈的照片不是谁给我的，是我偷来的。照片是在希腊拍的，那时我才六个月大，正经历人生中第一个夏季。爸爸和妈妈去了希腊，在那儿我可以在美丽的星河下安睡，像爸爸小时候一样。在这张照片里，妈妈坐在一棵参天的橄榄树的树荫下，她的眼眸如星辰般闪烁，太阳镜被推到头顶上，镜片是两颗红心。我躺在她的怀中，头枕着一个毛茸茸的动物，应该是我的老虎玩具，当时我在打哈欠，看起来可爱极了。妈妈望着怀中的我，嘴角隐约流露出一个母亲特有的幸福，远远地你都能感受到这个真挚的笑容。这张照片的边缘凸凹不平，像被人撕掉了一部分。我每次拿出来看都小心翼翼的，生怕造成损坏。我未经允许偷拿照片虽不光彩，但每次看到这张照片心里都暖暖的。照片是我从爸爸的钱包里拿的，好几年前的事情了，不过他至今没说过什么。

妈妈的照片我就只有这些了。

"莱拉的物品。"我感觉木箱像是在召唤我。箱子的木头色泽幽深，破旧不堪。我谨慎地捧起箱子，它比别的箱子要重些，还有一种特别的味道，像是……玫瑰花的味道？

我正要掀开盖子，看看里头有什么，这时奶奶在厨房里喊："蒂格里丝！你收拾好了吗？我们要出发了！"

我知道这样有点冒险，不过我必须得这么做，我想看看箱子里到底有什么。

"我马上就好了！"我大声回答，"我再换件衣服！"

我搬起箱子就跑，跟跟跄跄地穿过客厅，经过爸爸的门前时放轻脚步，然后一溜烟躲进了自己的房间。我反手猛地关上身后的门，心脏怦怦地跳着。之后我把箱子推到了书桌下的暗处，紧张得有些手足无措。

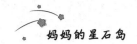

正当我换上奶奶送的生日毛衣时，她敲了敲门，探出头看了看我。

"看起来漂亮极了。"她夸赞道。

我换好衣服正要走，突然觉得好像忘了什么东西。我转过身，松鼠闪闪发亮的眼睛在渴求般地望着我。我都十一岁了，按理说不该玩这个了，不过，这是爸爸亲自给我挑选的。

于是我走到床边，拿起了我的小恶魔。

每次奶奶说我们要去墓园，意思都是我们坐地铁前往。爸爸不坐汽车，而且他知道，我也不坐汽车。按照爸爸的想法，世界上所有的汽车都应该被禁掉。奶奶有辆车，但不许我坐。不过有时候我会偷偷地坐，不让爸爸知道。奶奶开车的速度一向像蜗牛一样，坐她的车就像时间倒流，不进反退。

爸爸刚醒来，正坐在沙发上注视着鱼缸。

"生日快乐，蒂格里丝。"他看到我出来时对我说。

爸爸尽力装作欢快的样子，声音听起来却很疲倦。他张开手臂要给我一个拥抱，我走过去抱了抱他，他轻轻地把我揽入怀中，抱了我好久。他看起来睡眼惺忪，身上还有旧衣服的味道。他的胡楂儿蹭到了我的脸颊，有点刺痛的感觉。他的手臂柔软而温暖，我喜欢被他搂着的感觉。

"我最可爱的蒂格里丝，"他充满歉意地说，"对不起……"

我挣脱了他的怀抱。爸爸老是跟我道歉，我不喜欢这样。算了，毕竟他也无法抑制自己的难过。

"我知道你累了。没关系的。"我安慰他说，"奶奶给我带了蛋糕。顺便说一句，谢谢你的礼物。"

我举起小恶魔给他看，脸上微微一笑。

"你喜欢她吗？"他期待地问道。

我点了点头。爸爸的眼睛亮了一下。别人不会注意到的，可我看到了。当他发自内心地开心时，眼睛就像这样亮晶晶的。

"她太棒了。"我以开心的语气答道，手指摆弄着小恶魔柔软的尾巴。

我们在墓园外的花店停了下来，这是我们的惯例了。奶奶在店里选了一盆风信子，就是通常用来装饰圣诞节窗户的花，不过更好看些。花盆的土上覆盖着苔藓，一根长长的棍子插在泥土里，上面有个欢乐的圣诞小精灵。至少这里还有人是开心的，我默默地想。

"精灵真是太美好了。"奶奶赞美道。

爸爸走向花店的玻璃柜，像往常一样捧出一束红玫瑰。又是玫瑰啊，我心里想。妈妈的那个木箱的确就是玫瑰的

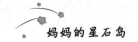

味道。爸爸总是给妈妈买玫瑰，我建议他至少换个别的颜色，说不定妈妈已经厌倦了红玫瑰呢。我的意思是，毕竟她已经过世十年了，爸爸每年都买一样的。爸爸的反应是"再说吧"，可他最后还是年复一年地坚持选红玫瑰。

"红玫瑰给人的感觉最美好。"他感觉到我投来的目光，喃喃自语道。

我就不一样了，每年去扫墓时，我都会选择不同的植物。因为我不知道妈妈喜欢什么，在我心里，她像是一个会喜欢惊喜的人。这次我选了一盆小小的仙人掌。

"你打算把它带到墓地吗？"花店的男店员问道。

"嗯。"我承认道。

"天这么冷它会死掉。"他提醒说。

"没关系，反正是要放在墓地的。"我说，"那里的所有人都死了。"

店员诧异地抬起了眉毛。奶奶严肃地看了我一眼，对柜台后面的店员抱歉地笑了笑。不过我看到爸爸嘴角有一闪而过的笑容。

我们走向妈妈的墓地，一路沉默。我把小恶魔塞进了外套，砾石在我们脚下嘎吱作响。我每次去看妈妈都穿得漂漂亮亮的，这次穿了暖和的棉鞋和好看的外套，我还散开了自己的长发。爸爸则穿着松松垮垮的运动裤和厚重的羽绒服，我和奶奶精心穿戴，跟他走在一起有些格格不入。好像我们要去参加派对，又好像急着赶去洗衣店。不过我知道，人们去墓地祭扫时的确会表现得略微怪异。人总不能一直都是悲伤的样子。

有时我怕自己会忘记妈妈的墓地在哪里。我们每年只去一次，在我的生日，也就是妈妈的忌日那天。墓园跟以前来的时候没有什么不同，喷泉依旧是关掉的，大片的园地看起来空空荡荡，小小的纪念花园旁有烛光在风中摇曳。噢，还有高大的灰色墓碑，这里有数不清的沉重的灰色墓碑，所以我害怕在这儿迷路也是人之常情吧。还好我的脚始终记得要走的那条路。不一会儿，我们就来到了妈妈的墓前。

妈妈的墓穴在一棵长了树瘤的黑褐色的大树下。这棵树枝干稀疏，看起来孤零零的。树干无精打采地垂向地面，像是在等一个永远不会来的人。坟墓上掩映着低矮的灌木和帚石楠，墓碑都被遮挡得快看不见了。这里一切如旧，自我记事时起就没变过，不过看起来并不凌乱，反而显得生机勃勃，要是这么形容墓地不会显得不合适的话。爸爸点着了我们带来的蜡烛，把玫瑰插到花瓶中，他一言不发，目光深情地凝视着墓碑。

"圣诞快乐，小莱拉。"奶奶一边说着一边把那盆风

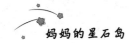

信子摆在了冰封的地面上。

我走向妈妈的墓穴，把那盆小小的仙人掌放到了她心脏对应的位置。土地触手冰凉，我还是用手抚摸着它，眼前浮现出妈妈的模样。就像那张照片中一样笑意盈盈的，看我的眼神像看一颗大樱桃，那时我眼中的她是世界上最好的妈妈。我要是那种会掉泪的人，现在应该已经泪流满面了，不过我哭不出来，反正现在是不行了。

车祸刚过不久，我没日没夜地哭，没人能安慰好我。奶奶说，连爸爸哄我也不管用。不过自打我胸口的伤慢慢愈合，伤口结痂，我就不再哭闹了。奶奶觉得有些反常，我不过是个小不点儿，说不哭就不哭了，从那之后确实再也没掉过泪。有时候爸爸会偷偷哭泣，但只在我睡着的时候，他还真以为我睡着了不知道。也许我们是在以这种方式保护彼此吧，仔细想想，也不知道是不是真的能保护对方。

土地冰冷坚硬，小小的蜡烛点亮后，地面才看起来温暖了一点儿。我们的习惯是每次祭拜完毕，奶奶和我先去附近的一家名叫茶环的小咖啡馆，这家店卖自己烘焙的蛋糕。我们先行离开，这样爸爸就能和妈妈单独待会儿了。

就在我要离开的时候，我看到了那个东西。爸爸正靠着墓碑，清理伸到上面的枝条，这时一个奇怪的东西从他的外套口袋里露了出来。

"那是什么，那个？"我指着问他。

爸爸与我对视了一下，立刻按着粉色松鼠的鼻子把她塞回了口袋里。

"那个是什么？"奶奶环顾四周问道。

我摸了摸我的外套里侧，小恶魔还在，还在我放的位置。我又看了看爸爸鼓起的外衣口袋，沉默的气息弥漫在我们之间。爸爸的手开始发抖，他一紧张焦虑就会这样。这时他用乞求的眼神望着我。

"怎么了？"奶奶又问道。

"呃……没什么。"我只好这么回答。

奶奶忧心地看了看爸爸，爸爸低下头，假装在看地上一块奇异的石头。我还在盯着他的口袋，奶奶清了清嗓子说："我们可以走了吧？"说完用手理了理头发。

爸爸没有回应，眼睛还是盯着脚下的石头。

"走吧。"我接过她的话。

我们跟爸爸拥抱道别，去茶环咖啡馆吃今天的第二块蛋糕。不过刚刚那幅沉默的场景在我脑海里挥之不去。爸爸买了两个玩具松鼠，一个给了我，那另一个会给谁呢？

那晚睡觉的时候，一切都像往常一样，爸爸进来对我说：

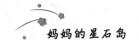

"晚安，小猫咪。"

我小的时候，他总是称呼我"小甜豆"，后来我喜欢上了猫咪，他就改说"晚安，小猫咪"了。

我像往常一样回应他：

"晚安，大帽。"

我不记得为什么开始这么称呼他了，有时候人们就是这么稀里糊涂地叫人，习惯了就继续叫下去了。今天这个特殊的夜晚，我比平时更难入眠，因为有什么东西变了，跟以往不同了。我想起了在墓园那段尴尬的沉默，还有那个粉色的松鼠。一整天我满脑子都是这件事。我想问爸爸其中的缘由，可不知道该怎么跟他提，这时候我突然灵光一闪：爸爸的衣服口袋！

我立刻变得无比清醒，我之前居然没想到这个！我悄悄开了床头灯，偷偷溜到前厅。那件衣服就挂在那儿——爸爸的羽绒服！我把手伸进口袋，却发现空无一物。为保险起见，我又检查了另一只口袋，也没有玩具松鼠。也许，这一切都是我想象出来的？

我蹑手蹑脚地溜回去，盖好毯子，想看看窗外的星星，不过都被那个讨厌的警示牌遮住了，什么也看不见。我伸手去拿小恶魔，可是她不见了！我掀起毯子和枕头到处找，都没有，哪里都找不到。夜越来越深，我的床上空荡荡的，显得阔大无比的样子，我一屁股坐在床垫上。我真是惨啊，内心想着，连玩具松鼠也弃我而去了。我沮丧地拉过毯子，紧紧地把自己裹在里面。

小恶魔不见了，肯定是因为这个我才忘记了重要的事情。那一晚我睡得极不安稳，第二天很早就醒来，外头还是灰蒙蒙的，才早晨八点。圣诞假期本该多睡会儿的，这么早醒来有些可惜。我做了奇奇怪怪的梦，梦到玫瑰香味的蛋糕，梦到爸爸穿着一件硕大的羽绒服，衣服有上千个口袋，每个口袋里都有一只松鼠玩具，她们用铜铃一般的眼睛盯着我。可是我指着鼓鼓的口袋给爸爸看时，他却故作不知，一直说："哪里有松鼠？"做这个梦时我迷迷糊糊的，半梦半醒。我打了个哈欠，准备起床，这时箱子映入眼帘——最重要的事情是这个啊。

"莱拉的物品。"

这只箱子就在我桌子下面，等着我打开。通往客厅的门关得紧紧的，整个公寓悄无声息，爸爸可能还在睡觉。我轻手轻脚地下了床，把箱子从桌子下拖了出来，深吸了一口气。

然后我打开了它。

遥远的岛屿

　　居然是空的，箱子里空空如也！我也不知道自己期待看到什么，也许是信件、照片，或者要是我够幸运的话，可以看到妈妈的日记或类似的东西，任何能让我了解妈妈的东西。可是，我没料到会是这样。

　　我里里外外仔细检查了箱子，还是一无所获。空无一物！我甚至跑去找来了手电筒，不论怎么凑近照都看不到东西，我把它倒扣在地板上，依旧空空如也，我大失所望。我用手摩挲着箱子粗糙的木头，这时一股神秘的玫瑰香味再次扑面而来。在此之前，我不知道玫瑰的香味竟然这么美妙。我想要靠近香味最浓的地方，这样离妈妈和她喜欢的玫瑰花就会更近一点。

　　我瞄了瞄四周，卧室门依然紧闭着。我也不知道为什么这么做，现在想起来蛮奇怪的。不过，人们做的奇怪的事情多了去了，谁也搞不清到底为什么。

　　我爬进了箱子，犹如走进了开满玫瑰的草地。我贪恋着每一缕玫瑰花香，妈妈最爱的红玫瑰如一块无形的毯子紧紧包围着我。我把脸贴近粗糙的木头箱子，内心平静而安稳。我小心翼翼地拿起箱盖，把自己关了进去。里头顿时一片漆黑，悄然无声，像是自成一个世界。我想一辈子留在这里。这时还是早晨，我刚刚起床，却觉得特别困。我的思绪涌动，浮想联翩。我打了个哈欠，把自己缩成一团球，然后我闭上眼睛，进入了沉沉的梦乡。

　　我也不知道怎么解释接下来发生的事情。我自然听过童话故事，也读过神秘开头的刺激的探险故事，不过我从没想过会真实发生，从没想过会发生在我身上。这听起来有些疯狂，可是你得相信我：我真的去了另一个世界。

　　我醒来时还躺在箱子里，里头漆黑一片，一缕光线透过箱盖狭窄的缝隙照射进来。箱子上上下下波动起伏，好像在沿着什么缓缓前进。我觉得有点眩晕，胃里翻江倒海的，这时我听到了飞溅的流水声。我慢慢地揭开了箱盖，外面阳光耀眼，我得眨眨眼才看得清。不过眼前的情景却告诉我，我是在做梦，因为箱子不在我住的公寓了。想不

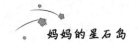
到吧，它正在大海中颠簸前进。

　　我向四方远眺，只见波光粼粼的海面不断翻涌。海水的咸味和海藻的味道在这一刻击中了我，就像你打开贝壳的味道。海洋深处五彩斑斓的鱼儿们在遨游嬉戏，我仔细挽起睡衣袖子，把手伸到水下，水的温度恰到好处，暖暖的。水波缓缓地涌起又退去，像是海洋在做深呼吸。我们，我是说水波和我，好像要往哪里去，可我不知道目的地。我凝视着远方的海面，远远地，陆地出现在我眼前！

　　远方的岛屿离我越来越近，它看起来像是一个在海洋中遗世独立的绿色花园。我的心突然悬了起来。我也不知道自己为什么这么笃定，这就是我要去的地方。眼前的这一切，海洋、木箱、海浪和岛屿——这不是梦，这是现实。我渐渐接近岛屿，看得更清楚了。长长的黑色沙滩沿着海岸一路蜿蜒，沙滩右侧耸立着两座陡峭的褐色山丘，左侧是圆形的岬角，岬角后面两座锯齿状的黑色山峰高耸入云。绿意盎然的平原上，巨大的角形巨石屹立其中，延伸至整个岛屿。尖尖的黑色山峦前面，入海的狭长高地上也有一块巨石巍然挺立。雪白的羊儿在平原上吃草，看起来蓬松绵软，犹如天上的朵朵白云。一条湍急的河流横穿小岛，水流哗啦哗啦地经过蜿蜒的黑色沙滩，像是急着要汇入大海。岛上处处有幽深的林木，似乎充满惊奇和冒险。透过这些锯齿状的山峦，我看到了令人战栗的东西。

那是一片森林，幽深黑暗，好像死神在此长居一样。杂乱的树木让我想起黑色乌鸦的爪子，我好像……好像瞥见什么黑色的东西来回走动。我在内心大声告诉自己，这不过是我的想象而已。即便如此，我还是战战兢兢地紧紧抓着木箱，手指用力到都变白了。我赶紧转头看向别处，试图去回想些愉快的事情。

跟希腊有关的事我都没印象了，不过我见过照片。那些照片的情景跟眼前的如出一辙，不过这个世界里没有建筑和道路罢了。这里我连人影儿都看不到，更认不出眼前这片死寂的森林。褐色的麻雀俯冲着飞过海洋，在海岸后面的树林里叽叽喳喳地叫着。

水波推着我靠近岛屿，我对我的目的地越来越笃定。

说起来挺不可思议的，我感觉这个海岛似乎一直在等着我的到来。

这时，一阵悠扬的乐声随着波浪传来，十分动听，如同风在低吟，短短的一段旋律循环往复。我循声望去，顺着蜿蜒的黑色沙滩直到河口处，音乐来自那里的一块大岩石。

我凝神望去，心脏几乎停止了跳动。大岩石上有个什么东西，不久之后发现原来是个人。一个女人，身上穿着

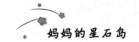

洁白的衣服，正抱着一件乐器，一件我从没见过的乐器，形似金色的马蹄铁，上面有几根细细的弦。她的手指在弦上跳舞，长发垂落到肩膀，盖住了她的脸。长发飘飘，这时几个字闪过脑海，令我心跳加速，想起爸爸说过的，肆意生长、自由奔放，简直……超凡脱俗。我顿时心潮澎湃，是妈妈！我不敢想象竟然是妈妈，她这些年来一直在等我！

我迫不及待地以手做桨开始划水，大海的水流太过舒缓，我等这一刻已经等了一辈子，我不能再等了！我又拿起箱盖做船桨拼命往前划，它太沉了，我交替着左划一下，右划一下，左划一下，右划一下。我用尽了浑身力气，只能这么快了！我的眼睛紧紧盯着妈妈，我再也不要她离开我了。

妈妈这时也注意到了我，乐声戛然而止，她放下乐器，缓缓地从石头上站了起来，好像不敢相信眼前所见的情景。我快到了，我终于要到了！

这下轮到妈妈慌了，她吃力地从岩石上爬下来，急匆匆地奔向岸边。她的白衣拖到后面，浸到了水里，不过她不在乎，反而加速向我跑过来。

箱子漂到浅水区，触到了坚实的土地，我终于到了！我爬出箱子，踏着海水奔向妈妈，水花飞溅，沙子沾满了我的脚丫。我光着脚，黑色的沙子在脚下隐隐发烫，贝壳和鹅卵石硌得脚掌生疼，可我不在乎，我只顾拼命地跑。我想大声喊她"妈妈"，期待她大声唤我"蒂格里丝"，不过我卡在喉咙里没喊出来。妈妈离我越来越近了，我很快能触碰到她了。我想一头扑进她的怀里，像一只迷了路，历尽千辛万苦才找到家的小鸟一样依偎着她，可我突然挪不动步子了。

这时我才发现，眼前的人并非我心心念念的妈妈。她有着一头长发，不过不是棕色的，也不像妈妈一样是鬈发。她的头发灰白如银，眼睛也不是蓝色的，而是棕色的，像麻雀一样。

站在面前的这个人不是我妈妈。

她是个陌生人。

"蒂格里丝！"她喊道。

这个陌生人竟然知道我的名字。

那个背包

　　我不知道说什么好，所有的言语都显得苍白无力，那些我思考了无数遍的话，我想跟妈妈说的知心话，像贝壳一样美好。现在贝壳没了，只剩下索然无味的沙子。我一言不发，呆呆地站在那儿，我怎么会犯这样的错误呢？她看起来和妈妈根本不像！

　　"我们一直在等你。"陌生人说，同时充满好奇地打量着我。

　　她的银色长发温柔地随风飘动，整个人看起来跟小岛无比和谐，好像她在那块石头上坐了一辈子似的。她笑时脸部肌肉上扬，露出整齐的牙齿。

　　"你是谁？"我小声问道。

她温柔的指尖轻轻掠过我的脸颊，抬起我的下巴，让我直视她的眼睛。

"亲爱的孩子，"她温柔地说，"你千万别怕我。我希望你在世间一切顺遂。"

她的声音不同寻常，深沉而安详。她笑起来的时候，麻雀一样的眼睛闪着光芒。她温柔地放开我的脸颊，就像刚刚抚摸时一样。

"我以前有个很长的名字，不过我在无尽海里游了太久，带不动这么长的名字了。我名字里有些字母掉到了海底，剩下的就是我的新名字啦。我现在改叫阿里安了。"

我不明白她在说什么，什么字母？这时我的目光落到了她的脚上。她光着脚，我问她原因，她扭动着脚趾告诉我：

"光着脚能感受到石头、大海、草地啊，那你怎么也光脚呢？"

我低头看了看自己的脚。

"我刚起床，我今早醒来还在家里，之后又醒来，是在那个木箱里……我们现在到底是在哪儿呢？"我解释完，警惕地四处观望。

她大手一挥，掠过大海、沙滩、山峦、丛林，还有湍急的河流。

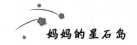

"这里是……是星石岛。"她答道。

"我以前怎么没有听说过呢？"

"因为这个岛，连同无尽海的其他岛屿一起，是宇宙中最古老的秘密。现在你听说啦。"阿里安带着神秘的微笑说，棕色的小眼睛眯成了两条线。

我望了望她背后的山岩。岩石内有个洞穴一样的地方，里面好像有东西一闪一闪的。

"那是什么？"我好奇地问道。

阿里安慢慢地转过头。

"你是说星石吗？"她接过我的话。

"星石？"我有些疑惑，"我从来没听过什么星石。"

"来吧，你可以过来见见它们！"阿里安召唤我。

她向那块大岩石走去。

"你说'见见它们'是什么意思？"我问。

阿里安没有回答，我加快步伐跟上了她。

洞穴里估计有一千颗亮晶晶的星星。星星是灰色的，有紧握的拳头那么大，外面缠绕着银色的丝线，看起来就像有只巨型蜘蛛围绕着星星织起了银光闪闪的网。

"这就是星石，是它们让天上的星星在夜间闪闪发亮的。"阿里安介绍，她的双手做了一个打开的手势，像是捧出了夜空中的一颗星星，"你现在看到咯，这里呢，有大角星、北极星，还有这个……"

她拿起了一颗星石，微微一笑，露出牙齿。

"这颗名叫五车二。"她说着把星石放到了我手中。

"可它……它是……热的？"我望着阿里安不解地问。

星石的热度令我的手有微微的刺痛感，这感觉从胳膊传遍全身。我知道这听起来很扯，我也不知道怎么解释，手握星石确实让我体会到难以置信的平静，就像置身于温暖的潮水中，如梦似幻，愉快的回忆翻涌而来。我想起了妈妈开心的笑容，爸爸笑起来时调皮的眼睛。

"你感觉到了，是吧？"她问道，"星石可不是普通的石头，它是我们心中的明灯。"

阿里安说到这些时眼睛在发光。接着她拿回了五车二星，小心地放回到其他星石中间。我再次合上双手，掌心空空如也，好像还在留恋着它的余温。

"天上的每颗星星在这个岛上都有对应的星石。"她继续讲解着，"星石要有歌曲、言语和音乐的陪伴，才能让星星在夜间闪烁。我们经常坐在大石头上，每天弹琴唱歌给它们听，一唱就是一天……"

"我们？"我用疑问的语气重复道，同时看了看四周，"我们是指谁？"

阿里安不明所以地看着我。

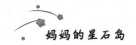

"自然是我和莱拉了！莱拉演奏，我唱歌。她能听见大海的音乐，我能听到风中的言语，还有……哦，我知道了！"阿里安看着我迷惘的表情恍然大悟，"刚刚我是不是没告诉你，莱拉是创造岛上万物的人！"

我的内心百感交集，像是经历了冰火两重天。

"星石岛是她创造的世界。岛上的每个人都有自己的使命，莱拉弹奏，我唱歌，她演奏的最后一首曲子就是我刚弹的那首，不过我现在听不到风中的言语了。自从莱拉……"

我紧张到几乎无法呼吸，只能紧盯着阿里安。

"最后一首是什么意思？"我急切地问，声音几不可闻，"妈妈是不是……"

阿里安的眼神黯淡下来，眼中的神采像麻雀一样飞走了，只留下一对毫无生气的棕色眼睛。

"她失踪了。"阿里安说。

"失踪？"我惊诧道，"不过，她还在这个岛上，对吧？"

我极目望去，目光掠过沙滩、树林、石头、山峦，还有河流。

"看也没用，找不到的。"阿里安无奈地说，"她……不，我不能说，还是让里奥告诉你吧。"

"里奥是谁？"我接着问。

她说话的语气好像我认识这个人一样。

"可……你肯定知道里奥的，对吧？"阿里安答非所问。

她一脸迷惑，声音几乎有些沮丧了。

"里奥啊！"她重复了一遍，怕我一开始没听到似的。

"不认识！"我回答，"我不认识任何叫这个名字的人，他是谁啊？"

"他……"

阿里安欲言又止。她看着我，满脸不相信的样子，好像是我在撒谎不认识里奥一样。

"他又叫狮子。"她只好回答，"他刚刚还在这里，现在去看羊群了。"

"你们居然让狮子来看羊？！"我诧异地说。

阿里安扯了扯嘴角，笑容中透着忧伤。

"他不是真正的狮子。"她解释道，"那只是他的外号。"

我脑海里浮现出一个体格健壮、带着危险气息的人，人形的红色鬃毛的狮子怒发冲冠的样子。

"那，他是个什么样的人呢？"我试探着问。

"算是……牧羊人吧，可以这么说，他的使命就是看护好羊群。其他你想知道的就由他来告诉你吧。你先坐一下，

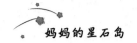

他很快就来了。我跟你说，莱拉最爱你们两个，还有……"

阿里安突然沉默下来，转头对着大海。

"你刚说什么，我们两个？"我着重强调了数字。

她没再回答我。我太熟悉这种沉默的场景了，一般都是碰到不能言说的秘密，大家才会这样。电光石火间我好像知道了点什么。我正要告诉她我厌倦了秘密，突然看到一个不寻常的东西，是一只背包，离我有点远，丢在河海交汇处那边的橄榄树下。

阿里安循着我的目光望去。

"那是狮子的背包。"她对我说。

背包是敞开的，有什么东西露了出来。我认真审视，认出那是我的东西，是我刚弄丢的小恶魔。狮子拿走了我的小恶魔！

我冲着背包跑过去，沙滩上的沙子在脚下迅速四散开来。

"你干什么呀？"阿里安在我身后喊。

我没应声，只顾一直跑。阿里安也跟了上来。我跑到背包跟前，一把抓起地上的背包。小恶魔的玻璃眼睛好奇地盯着我。就算我已经十一岁，不适合玩毛绒玩具了，小恶魔对我而言也不幼稚，她是我心中至宝。特别是现在，居然有人偷走了她，我简直气坏了。

我把她从背包里掏出来，手都在微微颤抖。

"她怎么会出现在这儿？"我问道，手上挥舞着小恶魔。

"怎么回事啊，蒂格里丝？"阿里安迷惑不解地问。

她把手放在我的肩膀上想安慰我，不过我才不要她那讨厌的手碰我呢。

"快回答我！"我生气地大喊。

她看了看松鼠，又看了看我。

"那是里奥的。"她肯定地说。

"少撒谎了！"我大吼，"你觉得我自己的毛绒玩具，我会不认识吗？"

"我跟你保证，这个是里奥的。"

"才不是。"我极力否认道。我用手臂夹着小恶魔，回头噔噔噔地朝木箱走去。

沙滩上的鹅卵石和沙子被我踩得七零八落。

"可是……你要去哪里啊？"阿里安紧紧地追着我，"狮子很快就来了！我知道你觉得这一切挺荒唐的，不过你跟他谈谈就会明白……"

"我才不跟小偷对话！"我怒气冲冲地大步朝木箱走去，"还有，我也不跟骗子说话，所以你现在最好安静点。"

我说后半句话的时候，眼睛就直勾勾地瞪着她。

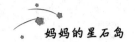
"我没撒谎。"她辩解道,"我不好跟你解释所有的事,但是我真的没——撒——谎!"

她原先低沉悦耳的声音变得有些沮丧,一副有气无力的样子。

"我不是骗子,里奥也不是小偷。也许你该去问你爸爸这个玩具是怎么回事。"

我猛然停下脚步,转过身。

"你是什么意思,问我爸爸?"我质问道。

她又不说话了,低头望着沙滩。我真的受够了她撒谎的嘴巴、不诚实的眼睛,还有她令人讨厌的手。我揣着小恶魔继续走,走到了送我来的木箱跟前。我停下来,望着无边无际的大海,可是怎么才能回去呢?

我回头望着她。

"那你帮我!"我对她说,生气地踢着脚下的沙子。

阿里安闭上眼睛,轻轻地叹息了一声。她沉思了一下,之后又回过神来。这时她睁开眼睛,好像下定了什么决心一样。

"我可以帮你,不过我有个条件。"她坚定地说。

"什么样的条件?"我迫切想知道。

"你会回来见狮子。这至关重要,蒂格里丝!我们这里需要你。你现在可能还没意识到,你也需要我们的。"

"那好吧，我会再回来的。"我妥协道。

"你保证！"阿里安不放心地说。

我谨慎地把手和小恶魔放在身后，手指交叉，表示以下承诺不算数，然后直盯盯地看着她的眼睛说：

"我保证。"

她的眼睛里有火花闪烁。

"不过我要带小恶魔回家。"我坚持道。

她眼中的火花顿时熄灭了。

"我希望你一切都平安顺遂，蒂格里丝。我希望……"看到我固执的眼神，她没再继续说下去。

她抓住箱子，把它拖到了海边。

"对了，你喜欢音乐吗？"她背对着我问，"我一直很喜欢里拉琴呢。"

"不，我觉得音乐太吵了。"说着，我爬进了箱子。

她无视我的话。

"快点再回来。"她嘱咐道，"但是不管怎么样，不要在晚上的时候来！"

她说完最后一句话，目光就钉在我身上了。之后她轻轻用力，把箱子推离了岸边。

"水波呢，"她说，"会逆向流动的，能把你带回去。"最后她用力推了一把木箱。

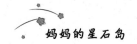

她说得没错，水流与来时方向相反。海洋一开始呼吸，水波就层层叠叠地朝地平线涌去。木箱晃悠着离小岛越来越远，漂进了一望无际的大海之中。

"记得你的承诺！"她对着远去的我大喊。

我没有回应她。不一会儿，我就听到一首神秘的乐曲掠过水面。阿里安回到了大岩石上，怀中抱着她的里拉琴。星石闪烁着细碎的光芒，我的内心却犹如划过一道闪电。阿里安是个骗子，还有那个里奥，他是个小偷。一切都是阿里安胡编乱造的，那儿才不是我妈妈的世界！妈妈才不会容许骗子和小偷在她的世界里横行。她才不会爱什么狮子，她爱的是我！是我和爸爸！我一掌拍在了箱子上，里头传来了大海的回声。怎么会有这么邪恶的人，居然偷小孩子的玩具？怎么会有人拿别人过世的母亲编故事？

我又气冲冲地拍了下箱子，箱盖发出震荡的声音。我蜷缩成一团，紧紧搂着我的小恶魔。玫瑰花的味道扑面而来，是甜甜的浓郁的香气。此时的我又生气又讶异，那股奇怪的倦意再次袭来，我几乎无法思考，此外还有个想法在我脑海里萦绕，令我倍感困扰。

我跟她说"我保证"的时候，双手在身后交叉，假装承诺不算数。

那么，现在我也是个骗子了。

小恶魔与小恶魔

　　我在木箱中醒来，怀里抱着小恶魔。打开箱盖，我又回到了新家这个焕然一新的卧室。看似一切如常，不过我知道，这一切都确确实实发生过。

　　窗外正下着纷纷扬扬的大雪，大地一派银装素裹，我站起来谨慎地爬出了箱子，腿有些不听使唤。难道一切都是我的想象，其实我一直跟小恶魔在家，不过是睡了一觉做的梦？这些想法像种子一样在我心里发芽了。

　　这时我看到了一汪水。

　　我站的地板上湿湿的，有水从我的睡裤上往下滴！我自然知道睡裤湿了可能有很多原因，于是我弯腰闻了闻，是大海的味道！并且我的脚也被沙滩上的石头刮伤了。

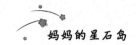

　　我望了望小恶魔，看了看眼前的一汪水，还有木箱，再次望了望小恶魔。最后我终于确信——星石岛是真的存在的。

　　这时客厅传来轻快的口哨声，我来不及多做思考，赶紧把箱子推到书桌下的隐蔽处。之后我走到窗前，假装在赏雪，想着堆雪人之类好玩的事情，反正只要能糊弄得住奶奶就行。

　　"原来你在这儿呢！"她说着闯了进来，"我到处找你呢。哎……这是什么啊？"

　　奶奶推了推鼻梁上的眼镜，透过镜片看着我。

　　"你还穿着睡衣吗？还是湿的！你是不是……"

　　"就是水而已。"我慌忙答，觉得自己脸红了。

　　"不过怎么会在……？"

　　我还没想好怎么解释这件事，奶奶推了推眼镜说：

　　"我们得去开始圣诞节大采购了！"

　　我看了看窗台上的钟表，原来几个小时已经过去了。

　　"你要来吗？"奶奶问。

　　她的脸上有担忧的神色，每当她觉得什么地方不对劲儿就是这样的表情。

　　"等我五分钟就行。"我回应道。

　　"快过圣诞节了，慢慢来，给你十分钟吧！"奶奶说着消失在房门外。

我以风一样的速度换了衣服，洗漱完毕，然后一屁股坐到客厅沙发上，吃了几个三明治，喝了些苹果汁。爸爸坐在我旁边，久久凝视着鱼缸。奶奶进来小声跟他讲了些什么，听完后爸爸好像清醒了，神游天外的表情终于收了回来。这下他注意到我了，有些不自然地把手放在了我的肩膀上。

"你今天想一起做些什么吗，蒂格里丝？就你我两个人。"他问道。

"当然愿意。"我嘴里含着三明治回答道。

他不怎么主动提议一起做些事情，尤其我们搬家之后。

"不如我们一起看个电影，吃些好吃的？"他提议道。

"那吃比萨吧。"我要求道，"我想试试新开的那家比萨店。"

奶奶认为我们该去买些金鱼放进鱼缸了。

"只有水和气泡看起来可不太好看。"她提醒说。

"再说吧。"爸爸应声道，声音听起来又陷入了疲惫，说完目光又定在了鱼缸上。

我们像往常一样告诉爸爸坐地铁去，实际上却是开车去的。奶奶说我们很久没有开车出门了，她是个喜欢驾驶的老妇人。

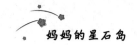

"怎么说呢……我以前喜欢开车。开车太有趣了。不过现在不怎么好玩了。"她喃喃道,"不过人不能因为害怕,一辈子都不去做某些事啊。"

"你是在说爸爸吗?"我问。

"为什么觉得我在说他?"她说着,检查了一下后视镜。

"在我看来,他一直都在害怕。"我坦白说。

"害怕?"奶奶接道。

她装作不知道我在说什么一样。

"你看,他老是畏缩在家里……逃避着什么。"

"他不是在逃避。"奶奶否认道。

"明明就是嘛。"我不甘示弱,"他怎么说呢,有点像逃避……生活。你没发现吗?"

"每年圣诞都是麦洛的伤心日,毕竟你妈妈是那时候出的事。而且这次搬家也让他很难受。你也是,对不对?"

"嗯,我想念我们以前的家。"我跟奶奶说。

我把手放在膝盖上,想起了旧公寓里妈妈专属的磕痕。奶奶慈爱地用手抚摸着我的脸颊。

"我的小可爱。"奶奶用希腊语说。

我没再回应她。奶奶的手放在我的脸上,温热又柔软。她打开车前的杂物箱,拿了几个糖果给我。

然后她起步倒车,开出了停车场。等我们上了公路,她看起来就比刚才开心多了。

"你想下，明天就是平安夜了。是不是特别美好啊！"

我努力假装一切正常，甚至跟奶奶聊起了填字游戏。呵，填字游戏！换作任何一个刚刚发现新世界的人，都很难像我这样装作若无其事吧。我俩在大超市里绕着货架逛来逛去，里面到处都是打折标志，到处都摆着圣诞礼物。

我觉得自己有了个天大的秘密，可是不能跟任何人分享。没人会信我的！幸好我也没什么人可告诉。我已经习惯了自己一个人，说句老实话，我过惯这样的生活了。如果有独处比赛的奥运会的话，我铁定能拿冠军。

圣诞假期过后，我就要转到一所新学校了，新学校离我们的新公寓更近。不过这对我没什么影响，反正我在以前的学校也没什么朋友。呃，其实也不能说完全没有，课间休息或午餐时间我常常跟玛瑞姆、蒙娜和玛利亚在一起。我总是合起来叫他们玛蒙利亚。他们说起什么都会笑，总是一派欢乐的样子。其实这样蛮好的，有时候我也跟着一起笑，也不知道在笑什么。他们常常聚在一起聊得兴致勃勃，互问互答。

一开始他们会喊我一起玩，估计是想了解我吧，我心里想。不过没多久他们就意识到是在自讨没趣了。我从不回应，所以后来他们索性就不邀请我了。每次邀请我一起

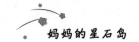

玩我就换个话题或反问他们一些问题。这样相处最好了，不然，再亲密些的话，他们就会邀请我放学后去他们家玩，自然而然地，也会想放学后去我家玩。这样他们就不可避免地见到我那郁郁寡欢、穿着肥大运动裤的爸爸了。说不定他们会同情我，或者会发生更糟糕的事情，他们会把我家的情况告诉全班人。

　　所以没有朋友还轻松一点，这样我就不会失望了。再说了，我也不是完全的孤身一人，我还有爸爸和奶奶在身边，不久还会有金鱼呢。我觉得自己没什么可同情的！跟他们三位下课或午餐时间玩玩就够了。多数时候，我就微笑点头听他们讲话。我会应和说："是的，没错。"只要我在合适的场合、合适的时候插上这句话，我就算融入他们之中了。爸爸问学校生活怎么样的时候，我总是回答说："蛮好的，我休息时跟玛蒙利亚一起玩的。"

　　爸爸听到后会微笑着说："她听起来人不错，那个人。"

　　"嗯哼。"我敷衍着回他一个微笑。

　　这不算在撒谎，我休息时的确是跟玛蒙利亚在一起的。只是不像爸爸想象得那么亲密无间。到了新学校我打算还这么干，人在心不在，不投入过多感情。这样最好了，对大家都好，想着想着我走到了电器区，这个百货商店如同一座巨大的迷宫。

"你今天怎么啦？"奶奶问，"发生什么事了吗？"

"没什么！"我故作轻松道，"一切正常！"

我对着奶奶绽放了一个大大的笑容，她颇有些担心地对我报之以微笑。

我来来回回抚弄着一台锁在桌子上的电脑，奶奶走过来拿起来看了看。

"你想要个这样的吗？"她问道。

"我们钱不够的。"我懂事地说，"反正爸爸有台旧电脑，我可以用那个。"

奶奶用手指抚摸着价格标签，然后叹了口气把电脑放回了桌上。

"走吧，我们需要去吃点好吃的，你和我。"她说着挽起了我的手臂。

她领着我去了咖啡厅。

几个小时过去了，尽管我拼命克制，还是又想起了那个岛屿。我一出神，就发现奶奶用奇怪的眼神在看我。我有点害怕，担心做了很多填字游戏、吃了很多菲丽都糖的老祖母有什么超能力能解读我的所思所想。所以我转而去想爸爸了，我们刚刚发现一款在售的电动剃须刀，就给爸爸买了。

不过我还想给爸爸单独准备一份圣诞礼物。我想到了

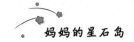
他房间的墙面，光洁如新，像一张白纸。我要给爸爸的生活再次注入色彩！我手里拨动着一个嘎吱作响的明信片架子，想到爸爸以前是摄影师，至少可以在他墙上挂一些图片吧。我选择了有水的图案的明信片。他肯定喜欢水的，不然不会整天盯着空鱼缸看。我请收银员帮我包装了一下，加了一个大大的蝴蝶结，这样礼物看起来大了许多。不然的话，几张明信片包起来肯定又小又扁的。我选的图片可精美了，有在海底珊瑚旁浮潜的人，有一条穿过深蓝色大海的鲨鱼，有一大群斑纹鱼，还有一张美人鱼的图片，当然这张是逗乐的。也许爸爸看到这些图片会眼睛一亮？

趁奶奶去卫生间的时候，我给她买了个可爱的挂历，挂历上有猫咪在做瑜伽。九月的那一页最有趣，上面那只猫摆出了下犬式的瑜伽姿势。我的钱刚刚够，店员精心地帮我包好了挂历，我写了个标签："给奶奶的礼物。"

我们回到家后，奶奶把塑料圣诞树摆在了客厅，我把圣诞礼物放在了树下的毯子上，然后我回到卧室，关上了房门。我抱着小恶魔，躺在床上想事情，不过我靠着枕头的时候，突然觉得背后的毯子后有个奇怪的东西鼓出来，像个软软的小山丘。我掀开毯子，看到了这个小山丘，是我的小恶魔！

可是小恶魔已经在我怀里了！又一个小恶魔。我抱起她们两个，看看这个，又看看那个。竟有两个小恶魔！

她们都有着白白的肚皮，亮粉色的身躯。尾巴都是毛茸茸的，连塑料胡子的数量都是一样的。不过我闻了闻，只有一个闻起来有大海的味道，就是我从狮子那里拿回来的那个。

我抱着两只小恶魔蜷缩到床上，思绪一团乱麻。到底有几只松鼠啊？除了这两只，我还在墓园见过一只，爸爸藏在口袋里的那只。这事也太古怪了吧。我想起阿里安跟我讲过的话，心脏怦怦怦跳得更急促了。"这些玩具松鼠的事情去问你爸爸！"她说这些的时候好像就知道不止有一个。万一阿里安说的没错怎么办？万一爸爸真的知道什么呢？这些全都是一团乱麻！不过我现在知道有一件事要去做：去问爸爸在墓地看到的毛绒玩具，我今晚就得去问清楚。对我而言不容易，可是我必须得去问。仔细想想，被爸爸隐瞒也不是最坏的事情。

我看着玩具松鼠，心沉了下去。最坏的结果是狮子是清白的，我才是那个小偷。

照片

　　到了傍晚时分，是时候去吃比萨了。我提议去市场上的一个比萨店。既然搬进了新公寓，我们得在附近找一个可以经常去的店。比萨店的标志是红色的，像圣诞老人的帽子，"来见比萨"的店名在黑暗中闪闪发光，艺术字体像云朵一样。我们点了比萨带回家吃。我选了自己常吃的口味——蘑菇比萨，爸爸点了特制的蔬菜比萨，加了额外的酱料。这儿的比萨不如我们旧公寓旁边那家好吃。我更喜欢罐装的蘑菇片，以前常去的比萨屋用的就是那种。

　　爸爸违心地说他点的比萨美味极了，可能是他吃过的最好吃的比萨。我知道他在说谎，他嘴上这么说，眼睛却出卖了他。他的眼睛告诉我，他只想回到我们以前的家，回到那个有着妈妈磕痕的地方，那里的比萨才是名副其实的美味。

我试着鼓起勇气，问爸爸有关松鼠玩具的事。不过我失败了，反而是问了些不相干的事情。我们坐在爸爸的旧电脑前，边吃比萨边看一个讲特工故事的电影，我有些心不在焉。特工们正在审问一个坏人，坏人说她有不在犯罪现场的证明。我为了找话说，就问爸爸：

"不在场证明，"我问道，"那是什么东西啊？"

爸爸迟疑了下才回答我。

"如果一个人有不在场证明，就说明他是清白的，有人可以为你做证，证明犯罪发生时你没有在现场。"

"比如说呢？"我接着问。

"就好像有人说你偷了他的口香糖，但我知道你和我在一起，口香糖被盗时我们在看电影，那我就是你的不在场证明了。"爸爸说，"然后我会证明说：'蒂格里丝当时在和我一起看电影，她不可能偷走你的口香糖。'"

我戳了戳盒子里的比萨的酥皮。

"你看我们是不是得尽快买些金鱼放到鱼缸里呢？"我又起了个话题。

"行吧。"爸爸应道，"圣诞节后怎么样？我现在没心情，不过你可以和奶奶去买吧？"

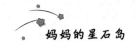
"不行。"我拒绝道，"这是我们的鱼缸，是属于我们的，我们得一起去选金鱼！"

爸爸吃了几口比萨，接着说：

"你说得对。再说了，你们这两个看到猫咪就走不动的人去选金鱼的话，我们估计就得养像猫一样的金鱼了。我想要选几条像狗一样的金鱼。"

"啊？还有像狗的金鱼？"我惊奇地问道。

"我也不了解，不过有的话不就太棒了吗？"他说着擦了擦嘴角上沾到的辣椒。

爸爸看着我笑了笑。他眼中闪过一丝微弱的光芒，这让我鼓起了勇气。我深吸一口气问道：

"对了，爸爸，"我小心地说，"我有个事情一直想问你。"

"哦，是吗？"他应道，"什么事啊？"

"就是……那只松鼠，在墓园里你放在口袋中的松鼠，为什么买了两只呢？"

爸爸眼中的两颗星星渐渐熄灭，他停止了咀嚼，下巴绷得紧紧的。然后他拿起瓶子，猛灌了几口可乐，对我说："你已经长大了，今年都十一岁了。"

"是啊。"我附和道。

"我……有些事我想告诉你，不过……"

"那就告诉我吧！"我急切地说。

"我做了很多错事。"爸爸懊恼地说，"犯了不可原谅的错误……"

爸爸的手颤抖起来，他把手放在膝盖上，我看到他在抖。泪水渐渐模糊了他的眼睛，这时他转过头，看向了别处。

"有一天我会告诉你的。"他对着地板说，"我是说真的！不过不是今晚，我……我还没准备好……今晚不行。"

泪水盈满了爸爸的眼眶，他迅速用衣服袖子抹掉了。他眨了眨眼睛，又擦了把眼泪。我内心十分疑惑，看起来爸爸好像耻于提及什么东西，不过我不知道是什么。爸爸从比萨盒子里拿出一片餐巾纸，用力擦了擦鼻子，纸巾皱成了一团。这时他转过身来看着我。

"对不起。"他充满歉意地说。

爸爸伸出另一只没在颤抖的手，轻抚着我的脸颊。他的手掌粗糙，就像冬天很久没用润肤霜的样子。然后他用这只冷静的手按住了那只颤抖的手，双手紧贴在膝盖上。

"圣诞节不好过。"他说，"况且还有搬家这么一堆的事情。你可能也注意到了，我们比平时要混乱。我们可以过完圣诞再来谈这个吗？"

我内心有什么东西黯淡下去了，不过看到爸爸悲伤的

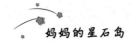

眼神，我也不想再问下去了。

"那你保证以后会告诉我？"我心软了。

爸爸点了点头。

"你保证。"我要求道，"举手保证，我要看到。"

爸爸缓缓举起了手，掌心对着我。那只手还在微微颤抖，他注视着我的眼睛，坚定地说：

"我保证。"

晚上我要上床睡觉了，爸爸进来对我说，"晚安，小猫咪。"我也像往常一样回应他，"晚安，大帽"。爸爸走了出去，在门厅久久伫立，我看到他的背影，知道他在下决心。然后他转身，回到我床边，给了我一个温暖的拥抱，抱了很久很久。他身上还有比萨的味道，不过我感觉很温暖。

"我爱你，蒂格里丝。"他说着把脸埋在我的长发里。

然后他松开我走了，轻轻地关上了卧室门。爸爸一离开，我就打开了床头灯。阿里安说得没错，爸爸绝对知晓玩具松鼠的内情。我踮起脚尖走过去拉出了木箱，上面写着"莱拉的物品"。

我一寸寸地抚摸着它粗糙的木质，按说在海里晃了这么久，箱子应该湿了，木头却是干爽的。我掀起了盖子，闭上眼睛闻了闻箱子，没有大海的味道。它闻起来就是玫瑰花的香味，只有玫瑰的味道。

我再次睁开眼睛的时候，看到箱底的木板间夹着一个小小的白色的东西。奇怪了，我之前怎么没发现。我把床头灯侧过来好看清楚是什么。有点像某种纸张，不过被卡在里面了，我没法把它拉出来。

我蹑手蹑脚地趴下，耳朵贴近地板，太好了，爸爸已经睡着了——我在这儿都能听到他打鼾的声音了。我谨慎地打开门，溜进黑漆漆的房间。

镊子还是很容易找的，就放在固定的地方，爸爸的梳洗包里。我踮起脚尖经过他的房间，努力不发出一丝声响，拿到后小心翼翼地关上了身后的门。

有了镊子就好办多了。我夹住那张纸的一个角，然后小心翼翼地用巧劲儿把它完全拉出来。

原来不是纸。

是张照片。

我拿到床头灯下仔细端详。这张照片看起来跟我与妈妈在希腊的那张几乎一样，不过这张上面是我和爸爸，爸爸看起来满脸幸福。两张照片肯定是同一天照的，背景在同一片橄榄树旁，照片里我换了衣服，在爸爸的臂弯里，依偎着我的玩具在休息。照片看起来又长又窄，有条边参差不齐，好像是从哪里撕下来的。

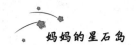

撕下来的。

我的内心顿时陷入冰窟。

我从窗台上拿过放妈妈照片的绿罐子，手指不听使唤地打开了盖子。我拿出了妈妈和我在希腊的照片，小心地把它和这张照片拼在一起，照片的边缘拼接得严丝合缝，我顿时觉得天旋地转，因为这不是两张照片。

这是一张照片。

里面不止有一个小孩。

有两个。

两个小孩。

星石岛

　　两个小孩，两个小恶魔。被撕过的照片从我手里滑落到了腿上。我的脑袋里涌出一大堆问题，但是答案在哪儿呢，我俯首看了看木箱，答案在星石岛吧。

　　我猛地站了起来，溜进门厅，找到了一件毛衣和一个背包。不用穿鞋子，星石岛上的人都是光脚走路的，阿里安之前就是这么说的。我把那个散发着大海气息的小恶魔放进了背包，我要还回去，因为我不是小偷！我迅速爬进箱子，正要盖上箱盖的时候，我想起阿里安的话：不要在晚上前来！我站在那里思索了一下，又看了看照片。我一刻也等不了了，阿里安会理解我的！

　　我盖上箱盖，缩进了箱底，呼吸着玫瑰的甜香，渐渐

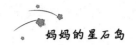

睡着了。

过了一会儿，我醒了过来，感觉箱子在无尽海上来回摇摆。我打开了箱盖，就像是打开了飞船的舱门，满世界的星星扑面而来。我几乎能听到星星噼里啪啦在夜空闪烁的声音！这是我一生中最美丽的夜晚，云朵好似给漆黑的天幕穿上了银色的华服，好吧，我知道那其实不是云朵。因为我曾摸过星石，感受过它温柔的光芒穿过我的身体。我望着远处黑暗中的岛屿，兀自微笑着。毕竟我知道了宇宙间一个最古老的秘密。

岛上并不是漆黑一片，沙滩上的大岩石旁边有一堆篝火，发出噼啪的响声。我探出身子，想看得更清楚点儿。晚风拉扯着我的长发，空气舒适而清新。不过这次岛上有些变化。我朝着水面望去，突然想起来——是过于寂静了。我怀念那次听到的悦耳的曲子。我要告诉阿里安我真的喜欢里拉琴的声音，她不应该因为我上次的气话就不再弹了。

海洋的呼吸沉重了起来。波浪缓缓涌起，又慢慢落下。这时有人在篝火旁点燃了一支火把，于是有了两处火光。那个人站在那里，手握着火把，是阿里安！她大步朝岸边走来，步伐急促，火把在夜幕中变成了一道光。

"蒂格里丝！"她对着海面大喊道，"赶快！用盖子划！"

我拿起木箱的盖子，像上次那样划水。阿里安又大喊道：

"再快一点！"

我不明白为什么要这么赶。她一直不停地回头看，看着那些树的方向。好像她在等什么人似的，除了我以外的人。

我快到岸边的时候，她跳进了暗色的水波里，海水拍打着她，她把箱子拽到了岸边，白裤子全都湿了。我跳出木箱，正要跟她道歉，给她看玩具松鼠，不过我还没来得及开口，她就对我说：

"你不该晚上来的！"

她的声音很严肃。

"之前的事情对不起。"我歉疚地说，黑暗中我低下了头。

"噢，亲爱的孩子，没什么可道歉的。"她说着用手抚摸着我的脸颊。

这次她的声音恢复了正常。

"不过现在我们得……"

"你怎么一直朝森林那边看呢？是在等谁吗？"我问道。

"他很快就到了。"她含糊地说。

"你说谁？狮子吗？"

"没有谁！"阿里安很快接道，"没有谁要来！我说

错了，我是太累了。你要快一点噢。"

　　"快点去哪里？"我疑惑道，"为什么你看起来紧张兮兮的？"

　　"当然是去见狮子啊。"她肯定地说，"他在等你呢！"

　　阿里安把燃烧的火把递给了我。我以前从没拿过火把，火焰在黑暗中一明一灭的。

　　"蒂格里丝，你听到了吗？"阿里安急切地说，"快去找狮子！他在沉肩山前的小树林里睡觉呢。就是那边的山，看到了吗？"

　　她的手指向了耸立在我们面前的黑漆漆的山。

　　"就沿着这条曲折的小路往山上走，走到顶点的时候你会看到一片橄榄林，旁边远一点有堆篝火，狮子就在篝火旁边睡觉，循着火光你就找到他了。不过要快点！"

　　我望了望火把，又望了望阿里安。

　　"你不跟我一起吗？"我问。

　　阿里安摇了摇头，她的银发在火把的映照下闪着光泽，她对我说："有些事情是要一个人去做的。"

　　"不过万一他伤害我呢？"我不放心地问。

　　"他永远不会伤害你的！"

　　"可是，你都说了他叫狮子，不是吗？"

　　"他不是那种可怕的狮子。"阿里安安慰我道，"不要怕。"

"那万一我死了怎么办？"我还是不放心。

"不会的，你还会活很多很多年。"

"你怎么知道的？"

"我就是知道！"阿里安不耐烦地说，"这个岛上的事我门儿清，快点去吧！"

我扫了一眼沉肩山，内心有种不祥的感觉。夜幕越来越深，眼前的山显得越发巍峨了，我望了望手中燃烧着的火把。在我家要是没有大人在场，我连点个蜡烛都不行。

"快去！"阿里安催促道，手指着大山，"快点，快跑！"

我正要跑，一阵刺骨的寒风像鞭子一样席卷了沙滩。我开始发抖，手中的火把明灭不定。脚下的沙子无比冰冷，渐渐地，这寒意传遍了我全身，我貌似动不了了。我望着阿里安的眼睛，内心陷入了无边的黑暗。这时我才明白——她不是紧张，而是惊惧，是惶恐不安。

我手中的火把掉到了地上。我看到阿里安的嘴巴在动，她在说一个词，反反复复地，可是没发出声音。我张开嘴巴要大喊，也没有声音。在这儿以外的地方，大海在咆哮，鸟儿在尖叫，树叶发出簌簌的声响。可是这儿一片死寂，鸦雀无声。

这时我听到了静夜里唯一的声音。砰……！砰……！

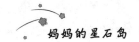

砰……！是硬物连续的撞击声，如同一把巨锤的敲击声，声音离我们越来越近。有个可怕的东西在森林里移动，黑色的人影潜行穿过树林。空气中传来死亡和腐烂的肉的味道，我胃里一阵翻涌，快要吐了。

阿里安僵直的手指向了大山，惊恐的眼睛睁得大大的。我的嘴里有种怪味儿，像是舔了金属的感觉。我看到她的嘴唇艰难地翕动着。

"快跑！"她发出无声的叫喊。

我不知道怎么办，我的身体不听使唤了。这时我猛然发力，一把抓起地上的火把开始跑。一开始速度很慢，如同进入了慢镜头，不过很快我就加快了脚步。

就是在那晚，我知道了自己到底能跑多快。我跑得几乎要飞起来了。在那个清冷空荡的夜里，火把就如同一根小小的火柴棒。沙子和贝壳划破了我的脚，我跳过了一块又一块石头，穿过了急流河！巨锤的声音在我背后回响，而我……我就头也不回地向前跑。

终于到了山脚下的曲折小路，就是这儿了。火把的光芒一明一灭，照得周围忽明忽暗，黑暗中很难看得清楚。巨石和灌木在石头铺就的小路上投下暗影，我就沿着这条路往前跑，我的脚被硌得生疼，手中的火把越来越沉重。我喘得上气不接下气，心脏好像被人揪出来了一样。我不得不停下来开始步行，以最快的速度往前走。沉肩山山势险峻，令人生畏，不过我想起了阿里安，想起了她无声的呼喊，于是我加快脚步沿着曲折的小路一直往前，又沿着山脊向上走。等我抵达山顶，小路就到了尽头。

这时我看到了火光！就在下面的山谷里。火光激励着我继续前进。我以前从没攀爬过石壁，不过面前没有别的路了。我其实也不知道怎么做，就匍匐着往下爬，沿着冰凉的石壁慢慢蠕动身体，我一只手拿着火把，另一只手抓着山石。我的脚试探着摸索石壁上的空隙和凹槽来支撑自己的身体。我不敢往下看，只能用脚去探索，用手去感觉，用自己的身体丈量着山的身体。我爬呀爬，终于到底了，我的脚触到了柔软湿润的草丛。

我屏住呼吸转过身，看到了树林掩映下的火光，草丛那边有什么东西在动。原来是雪白的绵羊，它们正在黑暗中休息。这一幕让我想起另一个世界的我，很久以前也曾数羊入睡。那个世界现在对我而言如同一场梦。

我瞥了一眼篝火的位置，开始向那个方向走去。我抓着火把，沿着草丛悄悄靠近那里。迫不得已的话，我还能拿火把当武器救命。我在暗夜里挥舞着火把，火光一明一灭的。我每走近一步，脑袋里就盘绕着更多问题：刚才在沙滩上是怎么回事？篝火旁会有些什么？到底谁是狮子？

狮子

　　我一步步靠近篝火，心跳得越来越快。后来我才知道，我走向的不是一堆篝火，而是一个秘密。橄榄树林里有些东西会让我的生活天翻地覆。阿里安说，狮子会解释的，他会告诉我所有阿里安欲言又止的事情，还有……这时我突然全身兴奋起来，我不是一个人！有奇怪的声音从篝火旁传过来。我停下匆忙的脚步，在草丛里站定。同样的声音再次袭来！听起来是鼾声吧？

　　我蹑手蹑脚地穿过树林，来到篝火前。在火光的照耀下，我看到排成一圈的毛绒玩具。有深棕色的泰迪熊、熊猫、白耳朵黑猫、兔子、狐狸、灰色的海豚、龙、蓝色的大象、猞猁，还有最后一只——玩具狮子。我慢慢地放下手里的火把，我认出了这些毛绒玩具，我家里每个都有，除了那只狮子。

在玩具围成的圈里，有个人躺在地上，他睡着了。那是个男孩子，黑色头发卷卷的，他就是传说中的狮子吧。

我看到他的那一瞬间就明白了。他简直跟我是一个模子里刻出来的，除了性别不同。他的长发弯弯曲曲地堆在肩膀上。他躺在那里抱着膝盖，蜷缩成一个小小的球，头枕着一个背包睡得正熟，那正是我在沙滩上见过的背包。他的睫毛黝黑纤长，非常显眼。耳朵小小的——我的也是。他前额有条愁纹，奶奶有时候也有。他睡觉也不安稳，来回地动弹，时不时地踢下脚，卷成一团的毯子退到了脚下。

我感觉被闪电突然击中了。

原来我居然有个弟弟。

我一直有个弟弟，这么多年我却不知道。这个想法像一把钥匙，一下子打开了我封存已久的回忆。我突然明白了为什么爸爸和奶奶说话时我一走过去他们就陷入沉默，还有他们脸上不自然的表情。我想起了这么多年度过的生日、圣诞节以及所有的日子。我想起了生活中的一切。有了这把钥匙，一切都豁然开朗了。原来我生命中不止有一个缺口——是有两个，一直都是两个。吃饭时身边有两把空椅子，坐地铁旁边有两个空位子，每次聊天时身边都缺

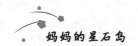
了两个人，每一次的生日祝福，每一次说的晚安和我爱你，都少了他们两个。我失去的不只是我的妈妈，还有我的同胞兄弟。

现在他就躺在那里，人睡着了，离我只有几米远——我的兄弟。

我感觉有些眩晕。

我把火把放到篝火旁的石头上靠着。

"里奥！"我轻声喊着，同时匆匆地穿过草丛走上前去。

他嘟囔了句什么，动了动又睡过去了。我拉着他的胳膊想晃醒他。

"醒醒！你快醒醒。"我小声喊。

里奥顿时醒了过来，猛地抽回了手臂。他看到面前的我，突然间变了脸色。

"蒂格里丝？"他难以置信地问道。

他的声音几乎跟我一模一样。火光映照着他棕色的眼睛，他的嘴角隐隐露出笑意，就像妈妈在照片中掩饰的笑容一样。

"我不敢相信你居然来了！"里奥大叫。

他立刻站了起来，呆呆地站着，一副不知所措的样子。我们就站在那里互相对视。我们是姐弟，是骨肉同胞——虽然我们素不相识。我谨慎地往前走了一步，里奥也是。我也不知道谁先起的头，我俩就默契地抱在了一起，紧紧拥抱着。他身上有青草、大海和篝火的味道，还有冒险的气息。我用力地抱紧了他，因为他让我想起了妈妈。然后我们慢慢地放开了彼此，这时我想起了一个人："阿里安！"

我刚一说出口，里奥红润的脸庞瞬间失色，脸色煞白。

"暗影来了吗？"他不安地问。

"暗影？"我不解道，"我不知道是什么，不过有个东西出现在那儿了，我知道这听起来十分荒诞，不过你一定得相信我！他一来所有的声音都消失了！所有的语言都失效了！我看到阿里安的嘴巴在动，可是说不出话来了。"

这时似乎有人猛地给了我一拳，我突然想起来：

"阿里安还在沙滩呢！我们得去帮她。"

我跑去篝火旁拿来火把，就在我要冲进黑暗去帮阿里安的时候，里奥拦住了我。

"我们什么也帮不了！"他沮丧地说。

"我们一定可以的！"我不甘心地回应道，"我们能帮她，还有……"

"不，我们不行的。"里奥说，"因为暗影要的人不是她……是妈妈。"

"妈妈？"我疑惑道，举着火把的手放了下来，"可

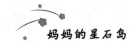

是……她人不见了，不是吗？"

里奥蹲在篝火前抱紧了双臂，然后他走过去从那一串毛绒玩具上取下了狮子，紧紧地抱在怀里。

"坐下吧，我讲给你听。"他说。

里奥的手指伸进了狮子鬃毛里。玩具狮子很旧了，尾巴已经磨损，鬃毛蓬乱，一只耳朵也不见了。我抱着双臂坐在他旁边，看着火堆。

"这个岛叫作星石岛，因为岛上有一千颗星星，可惜现在不是了。"他轻声说。

他抬头看了看夜空。

"那儿是我的星座，名叫里奥，狮子座，就像我的名字一样。你看到了吗？那儿是狮头，那儿是狮身。"

我顺着他手指的方向望去，他指尖所示之处，九颗星连成了狮子形状，在夜空中闪烁。不一会儿，他的手又移向天空中的其他星座。

"那是大熊星座，还有小熊星座。在它们末端的是大北斗和小北斗……还有双子座，是一对'双胞胎'。"

"五车二在哪里呀？"我小声问。之前我还握过那块星石。

"那儿呢。"里奥说，我循着他指的方向看，"你看到那里了吗？妈妈的星座以前在那儿，那是天琴座。"

繁星点点的夜空里，里奥手指的这一块却是漆黑一片，空无一物，好像有什么缺失了。不过他把手放下来后，我看到……

"哎，还有一颗星星在闪烁！你看到了吗？"我说着指给他看。

"那是天琴座中的织女星。"里奥解答道，"织女星以前是夜空中最亮的一颗星。"

"可她现在几乎都不发光了。"我接过话。

织女星光芒微弱，好像在思念她的同伴们，她现在是孑然一身了。里奥捡起了一根棍子，挑了挑篝火中未燃尽的木头。

"他都是晚上来。你看到那些尖尖的黑褐色的山峦了吗？那叫默山，默山之外是石化森林。暗影就住在那儿。我们都知道这个人，不过他深居森林，我们从不去那里。你来的时候看到了石化森林吗？"

我想起了来时从大海远眺到的那片阴森森的森林，每离它近一步，我就觉得胸中有什么东西在撕扯，那个东西似乎是一只凶神恶煞的黑色大鸟。

"那你知道吗，"他与我四目相对，"石化森林里万物不生，暗影是其中最强大的，他一直靠吸取森林里的其他生命为生，久而久之，林中万物都经历了多重死亡。事

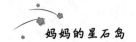

情发生在几周之前，我们像往常一样在沙滩上休憩，我突然醒了过来，预感有不测发生，大热天的，我居然在发抖。于是我叫醒了妈妈和阿里安。这时周围突然陷入一片寂静，之后就……"

里奥绘声绘色地讲起那天的情景，他把手中的木棍丢进了篝火里，随后紧紧抱住了玩具狮子。

"暗影悄无声息地从树林里溜了出来。他威严地看着我们，想引起我们的恐惧。我们手挽手靠在一起，突然发觉没了声音，说不出话来！我大声尖叫，却发不出任何声音，我也动弹不了。暗影从树林间滑过来到了海滩，就站在我们面前，他有颗硕大的黑色的心脏，心跳声如同在用巨锤敲击。他没有嘴巴，他就站在那儿，用锋利的黑色眼睛紧盯着我们。我闭上眼睛无助地想，这下我们要死了。等我再睁开眼睛的时候，暗影朝星石洞走去了。妈妈连忙在后面追他。阿里安想把妈妈拉回来，可是她挣脱了继续跑，她跑得极慢，像在一条看不见的河流里前行。这时暗影看到了她，他就像这样歪了歪头，似乎觉得眼前这个人蛮有趣的样子。接着他拿起了洞窟里的一颗星石，之后就……消失得无影无踪了。"

里奥望着我，脸上满是绝望。

"他就这么消失了！我不知道是怎么办到的。沙滩上没他的踪影了。"

"那颗星石呢？"我小声问，"那颗星石怎么样了？"

"他拿走了！"里奥愤愤地说，"他拿走了星石，几个小时后他回到了石化森林，妈妈的星座里有颗星星就熄灭了。他是针对妈妈来的，他要杀了妈妈！"

"为什么呢？"我不明白其中的原委。

"暗影讨厌光亮，所以他憎恶妈妈，因为她是光亮、笑容、歌声和乐曲的化身。星石岛是妈妈创造的世界，现在她星座中的星星熄灭了，要是妈妈死了，这里的一切都会烟消云散，永远见不到了。"

"那后来呢？后来妈妈怎么样了？"我急不可耐地问。

一明一灭的火光在里奥的脸上投下了阴影。他用力地抱紧玩具狮子，指节发白。

"暗影夜复一夜地前来，每次灭掉妈妈的星座中的一颗星星。被带去石化森林的星石都死掉了。那里一片死寂，没有言语的陪伴，星石就会死去！晚上星星一出来，暗影就来了。他故意在掳走星石的时候让它的伙伴们看着，故意展示自己有多么可怕，他用这种法子恐吓星石。自从暗影开始拿走星石，夜就变得越来越长了。早晨连太阳都不太敢从地平线升起。我再也不敢在沙滩上睡了，只能睡这儿，跟羊儿们一起。妈妈的星座里仅剩一颗星星的时候，

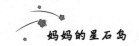

我吓坏了。那晚我不想跟妈妈分开，不过她说不用担心，暗影肯定找不到最后一颗星石。她指着天琴座仅剩的织女星对我说：'看，那儿还有星星亮着呢，里奥。只要有星星在，就还有希望。一定要记得。'"

里奥轻抚着玩具狮子，小声地自言自语，声音几乎听不到：

"我不会忘记的，妈妈。我永远会记得。"

"之后呢？"我紧接着问，"之后发生了什么？"

里奥闭上眼睛，身体开始左右颤动。

"他掳走了妈妈！暗影找不到最后一颗星石，他就掳走了妈妈。"

我的内心陷入一片死寂。

"他把妈妈带到哪儿了？"我低声问。

"石化森林。"

这句话像一把尖刀插进了我的胸膛。

"那她会死的！"我声嘶力竭地喊。

"不会的，妈妈不会死的。她跟别人不同。"

他伸手指向了天空。

"你看那颗织女星，她还在发光！妈妈的星星还在亮着！她还活着，我知道的。星星还在，蒂格里丝。别忘记这个！"

里奥来不及再说什么，天空突然传来一声长鸣，声音里夹杂着悲伤。听起来像是一个警示音。

"这一刻终于来了。"他说着躬身抱紧了怀中的狮子。

"那是什么？"我问他。

他的眼神里满是恐惧，我顺着他的目光望去，天空中的星星全都在瑟瑟发抖！有一颗星星不是——它开始震动，每震动一下它就变大一点，越来越大。就在我以为它要爆炸的时候，突然间它消失得无影无踪！

"那是五车二星！"我认了出来。

我站起来，浑身颤抖着大喊：

"他杀死了五车二星！"

连星星都没理睬我。

言语消失，星石灭亡

"我们得跟过去！"我踢着石头说。

"难道你没听到我说的话吗？"里奥质问道，"进入石化森林我们会死的！"

"那妈妈怎么办呢？"我焦躁地绕着篝火走来走去，"我们必须得做点什么！"

"已经做了。"里奥注视着火光说。

"你说什么？"我问道，"看起来我们什么都没做啊！"

"你已经在这里了，不是吗？"他望着我说。

"那又怎样呢？"

"坐会儿吧，你这么走来走去的我心里很慌，觉得你会头也不回地冲进森林，然后消失不见，哎……你能不能坐下啊？"里奥抗议道。

我扑通一声坐了下来。里奥拿起了他的猞猁递给我。这只跟我的一模一样，只是皮毛有些破旧，身上还有尘土和篝火的味儿。我紧紧抱着猞猁，挪到篝火旁，里奥这时开始讲述事情的来龙去脉：

"星石岛上人人都有自己的使命。妈妈和阿里安负责照看好星石。她们常常坐在岩石上弹唱，你知道的。妈妈聆听着大海的乐曲，用里拉琴演奏出来。阿里安寻觅着风中的言语，用歌声唱出来。有歌声、音乐和言语的陪伴，星石才能在夜间发光发亮。言语一旦消失，星石就会灭亡。所以暗影把星石带去了石化森林，因为那里没有声音。"

"那他怎么没有一下子带走所有的星石呢？"我小声问道，把怀里的玩具抱得更紧了。

"他搬不动。"里奥解释说，"对他而言，一颗星石就如同一座山那么沉。"

"你怎么知道的？"我好奇地问。

"阿里安说的，她了解这些事情。"

里奥注视着眼前的篝火。

"那你们跟着去过石化森林吗？"我问道。

他摇了摇头。

"默山上有一条小路可以直通石化森林的入口。沿着

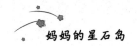

这条路走到分岔口，再往寒气逼人的那面走过去，就到了石化森林。我们每次走到小路入口就停下，那儿太危险了。"他回忆说，"不过阿里安又能听见一些东西了，事情也许很快就有转机了。"

"她听到的是什么？"我问道，又往篝火旁靠了靠。

"各种各样的东西。她能听到风中的声音。"

"我不明白，这对找到妈妈有什么用？"

"妈妈失踪之前，大海带来了一段新旋律。她总是演奏那段乐曲，她说那首曲子里有种神奇的力量，能帮助我们对抗暗影。阿里安刚开始为这首曲子配词，去寻觅风中的言语，暗影就掳走了妈妈。阿里安说言语随同妈妈一起消失了，她再也听不到风中的言语了。可是你知道吗，我生日的时候像往常一样去了星石洞，许愿妈妈能回来，许愿我能见到你。就那一次，一次就灵验了！第二天大海没有带来新曲子，反而带来了更好的东西，就是你啊！你竟然坐木箱漂到这里，你是大海的礼物，阿里安说就差一个蝴蝶结了。自你上次来过后，阿里安就听到了歌曲的一个词。这么久以来这是第一次！那个词就是……群星。那首曲子的第一个词是群星。"

里奥仰望着织女星，哼起了妈妈的歌。听起来有些耳熟，正是第一次来碰到阿里安时她演奏的曲子。

"群星唔唔，唔唔唔唔，唔唔唔唔……唔唔。"

"可是……一首歌怎么能救到妈妈呢？"我怀疑地问。

"我也不清楚，不过妈妈是这么说的！她说这首歌能对抗暗影。阿里安也这么说，她有先知的能力。"

户外有些冷了，我忍不住打了个寒战。里奥看见后往篝火中添了些干树枝。篝火噼里啪啦地燃烧着，火苗越蹿越高，红色的火星儿在夜色中翻飞。

"那么，你知道我们是双胞胎吗？"过了一会儿里奥问我。

"我看到你的时候就意识到了。"我如实答道。

"我俩的耳朵一样大。"他说。

"你是说一样小吧？"我接过话。

里奥咧嘴笑了，戳了下我的胳膊。感觉很奇妙，好像我的胳膊很怀念这种互动。这时我打了个大大的哈欠。

"我们还是去睡觉吧。"里奥看着我说，"反正今晚我们也做不了什么了。"

这时我突然记起一件事。

"我把这个拿走了，上次拿的。"我诚实地说，"抱歉啊。"

我从背包里拿出小恶魔，就是身上有海洋味道的那只小松鼠，递给了里奥。他看到后眼睛一亮。

"奇拉。"他注视着我强调说，"她的名字叫奇拉。"

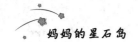

"我的那只叫小恶魔。"我对他说，"爸爸给了我一个一模一样的。我之前以为你昧下了我的。"

"什么叫昧下？"

"呃，就是我以为你偷走了我的。"我不好意思地回答道。

说出来颇有些尴尬，然而里奥似乎并不介意。

他只是重申了一遍："我不是小偷。"

"当然不是，呃，我现在知道了。我们所有的毛绒玩具都是一样的，除了一样——你的狮子。"我说着看了看他膝盖上的那只狮子，"不过我对应的有一只老虎。爸爸一定是每年都给我们买一模一样的玩具。"

里奥来来回回地抚摸着奇拉蓬松柔软的尾巴，然后把她放到腿上跟狮子挨着。

"这些毛绒玩具是我的宝贝，是我拥有过的最美好的东西，这些都是爸爸送我的。我离他最近的时候就是跟玩具在一起的时候。"他凝望着火焰说。

我想起了自己的一堆毛绒玩具，都还在搬家的箱子里没拿出来，想到自己刚看到小恶魔时生气的样子，感到无地自容。

"你是怎么拿到玩具的呢？"我问里奥。

"我每年生日的时候都会去星石洞，我也不明白是怎么回事，每年我生日就有一只毛绒玩具在那儿等我。那是我一年中最开心的时候了。"

"你怎么知道是爸爸送的呢？"我问他。

"呃……因为他每次都附带写张小字条给我。你想看吗？"他说起时眼睛亮晶晶的。

我还没来得及回答，他就从脖子上戴的丝线上取下了一个小小的布做的荷包，又从里面拿出几张泛黄的字条，一个个像拼图一样摆在面前。

"你看。"他说着伸手递过来一张皱巴巴的字条。

我侧过身去看，字条已经很旧了，上面的字迹也褪了色。不过我还是一眼就认出了爸爸歪歪扭扭的字迹。我小心翼翼地拿起其中一张字条，怕它破碎掉，借着火光我看到了这样的文字：

"给里奥的两岁生日礼物。我爱你，非常想念你。来自爸爸的拥抱。"

我小心地放下，又拿了一张来看。这张笔迹是蓝色的，爸爸还在旁边画了几颗星星。

"给里奥的三岁生日礼物。我每天无时无刻不在想念你。来自爸爸的拥抱。"

"快看这个！这个是我最爱的，写得可感人了。"他说着递过来一张皱巴巴的小字条。

我接过来看，上面写着：

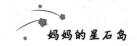

"生日快乐，里奥。我爱你，言语不能表达十万分之一。我日日夜夜都在思念你，多希望你能跟蒂格里丝一起长大啊，你们一定会相亲相爱的。来自爸爸的拥抱。"

这些字句令我揪心。我能想象得到爸爸偷偷写下字条的场景，想到每年的 12 月 22 日，我跟奶奶先离开去茶环，他独自一人留在冰冷的墓园，怀揣着这个秘密。我抬头望向里奥。

"写得很好吧，是不是？"里奥自豪地问。

"是很好。"我心事重重地回答，小心翼翼地把字条放进他的爸爸主题的拼图里，内心悲喜交集。

"你想，如果他现在看到我们在一起，坐在篝火旁，他一定高兴极了。"里奥说。

"我也觉得。"我回答道，我想起了爸爸在床垫上睡觉的样子，这么多年来他是多么孤单啊……

里奥凝视着火光兀自笑了笑，他开始收拾所有的字条，一张张仔细整理好塞进荷包，又戴在脖子上用上衣盖住。

"每当我思念爸爸的时候，就看看这些字条，心里会好受点。我一直把字条放在这儿。"他说着，用手摩挲自己的上衣胸口处，"紧贴着我心脏的地方。"

他又一次拿起了奇拉。

"我拿到她的时候高兴坏了。"他注视着奇拉说，"我一直想要一只小松鼠，不过我最想要的毛绒玩具可能没法实现了，因为你已经有了……"

"是哪一只？"我问道。

"老虎，当然是老虎了！"里奥遗憾地说，"我想要一只老虎，这样看到它就会想起你了。"

我们冲着彼此害羞地笑了笑。他的棕色眼睛温柔可亲，看起来和爸爸一样。篝火在我们面前噼啪作响，火花在黑夜里乱舞纷飞，就像夜空中的萤火虫。里奥盯着火焰突然回过神来，嘴角的笑容渐渐消失了。

"对了，你是真的不知道有我这么个人吗？"他略失望地问道，"阿里安跟我这么说的。"

这个问题让我有些为难，据实回答好像等于背叛了爸爸。虽然骗人的又不是我，是爸爸。可我还是不想里奥生爸爸的气。他不知道爸爸有多难过。

"那么是真的了。"他自问自答，"感觉太奇怪了，这十年来我每天都在想念你，可这么久以来……你甚至都不知道我的存在。"

他的脸颊上闪烁着亮晶晶的东西。他哭了，任由泪水滑落也没去擦，一缕头发散了下来遮住了脸，他也没管。他抽着鼻子拿衣服擦了擦脸，眼睛依旧一动不动地盯着火光。此时我的心在颤动，我安慰他说：

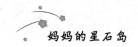
"现在我知道了。"

我小心地用手把他松散的头发别到了耳后，对他说：

"现在我知道世界上有个你，你会永远永远在我心里的。"

我们躺在毛绒玩具围成的圆圈里，里奥说它们像一圈墙，睡在中间感觉很安心，我也这么觉得。我又开始喜欢毛绒玩具了，真心实意地喜欢。我们背对背躺下，离得稍有些距离。我闭上眼睛要睡，恐惧的感觉慢慢渗透过来。我想起了妈妈，她孤身一人被困石化森林。想起了暗影和阿里安，穿着松垮运动服的爸爸，还有毛绒玩具，还有……

"睡不着吗？"里奥关切地问。

在这个空旷的夜晚，他听起来声如蚊蚋。

"你能不能跟我说，'晚安，小猫咪'啊？"我小声请求。

"啊？"里奥轻声疑问道。

"求你了……"我咕哝说。

"晚安，小猫咪？"里奥照着说了。

"晚安，大帽。"我小声自语道，又往里奥旁边靠了靠。

之后我就睡着了。不过在我迷迷糊糊进入梦乡之前，一幅不可思议的场景在我脑海里闪现。是我和里奥，我们在开满了红玫瑰的田野上奔跑。

老虎岛上一小时

　　清早，新鲜面包的香味唤醒了我。里奥坐在炭火旁，准备打开布包着的面包卷，面包卷刚刚在石头上烤过。清晨的太阳从沉肩山升起，橄榄树林沐浴在柠檬黄的光线里。云朵一样的绵羊三五成群，散落在沾满露水的草地上，它们看起来那么安详，悠闲地吃着草。

　　"啊，你终于醒了。"里奥微笑着对我说。

　　他递了个面包给我。我坐在温暖的炭火边，吃掉了这个热气腾腾的面包。我吃得狼吞虎咽，肚子里发出咕噜咕噜的声音。面包软软的、甜甜的，像是吃了一枚小太阳。我刚吃完这个，里奥又给了我一个，我忙不迭地吞进了肚子。

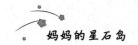

"很好吃，对不对？"他自豪地说，"这是阿里安烤的，用的是大平原那边生长的野生谷物磨的粉，还加了香草呢。"

"大平原？"我边吃边问。

"等下我带你去看！喏，喝口水吧。"

他打开玻璃瓶的塞子，递给我一瓶水。水清冽甘甜，如同喝下一片蓝天。

"这里的水怎么这么好喝呀？"我问他。

"这是来自默山的春泉水。"他说着指向了那边尖尖的黑色山峦，"你来的时候经过了那条河，对吧？"

"没错。"我回答道。

里奥伸出手，掌心向上，他手指微微弯成弧状，以便清楚显示掌心的纹路。

"这条线叫生命线。"他说着仔细用手指沿着掌心最深的纹路划过去，"妈妈说，河流是星石岛的生命线。没有新鲜的淡水的话，我们就会死掉。"

我看了看里奥掌心的纹路。

"河流和春泉让这个岛屿有了生命。"他说，"妈妈说这里的河流清莹澄澈，能够冲走黑夜。"

说到黑夜，我想到自己偷溜出来的事，这时水就没有那么好喝了。爸爸很快就会醒了，他会发现我不见了的。

"别担心。"里奥安慰我说，"现在可能才六点或者六点半的样子。"

"你是怎么知道的？"我问他。

"有太阳啊。"他仰头示意看向天空，"在星石岛上，太阳就是时钟，这里的一小时相当于老虎岛的一小时。"

"老虎岛是什么？"我好奇地问。

里奥微微一笑。

"你的问题不少嘛。"他笑言道，"在这儿，我们称你们的世界叫老虎岛，因为你生活在那儿嘛。"

"我们……是指你和妈妈吗？"

他的脸上顿时蒙上了一层阴影。

"对的……我、妈妈，还有阿里安。"

"你真的相信一首歌能救得了妈妈吗？"我不放心地再次问道。

"我不得不信啊。"里奥说，"妈妈确实说过那首歌能对抗暗影，况且除此之外，我也不知道还有什么办法能救她……"

"不过我们可以直接去闯石化森林，是不是？"我不死心地问，"既然妈妈还活着，人就在那里！"

"你昨天难道没听到我讲的吗？"里奥的声音变得冷冰冰的。

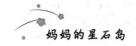

　　"可是肯定还有别的办法的！"我坚持道，"人不会一走进去就立刻石化，是不是？"

　　"别说了，蒂格里丝。根本没用的！就算我们能进去几分钟，不会立刻石化，之后我们也会死的呀。你还没明白吗？"他的目光紧盯着我说。

　　他瞪着我的眼神怒气冲冲的，我不喜欢他用这副表情看着我。

　　"有时候救人就是几分钟的事情。"我不甘示弱地瞪回去。

　　"呃，有时候死掉也就是几分钟的事情。"里奥严肃地说。

　　他说完转身去看羊群。我刚刚还在生气，突然间有股惆怅的情绪开始滋长。我们并肩坐在橄榄树下，我却觉得自己是孤身一人。我生命中的大部分时间都是一个人，课间休息时我不跟人玩耍，暑假也是一个人闷着，我习惯了这样。可这次的孤独却让我十分难过，因为我渴望和里奥待在一起。

　　"嗨，"他率先打破沉默，"在我们成为敌人之前，能不能先做朋友？"

　　我望着里奥，他坐得离我有些远，手里还拿着面包。我看到了他眼中恳求的神色。我在心里默默想，他现在身边只有羊群和阿里安了。虽然我只有爸爸和奶奶，可里奥身边连这两个亲人都没有。

看着他用手一点点地撕着面包，我突然觉得一阵心酸。我想成为他的姐姐，他本该就是我的同胞兄弟呀。我们应该是一体的，我再也不想跟他争吵了。

"好的。"我附和道，尽力表现出高兴的样子，"那我们就先做朋友，不过你得对我和和气气的，不要再一直生气什么的。"

"我没生气，我这人可好了。喏，我的面包给你。"他说着把最后一个面包递给了我。

我们相视一笑，我开始狼吞虎咽地干掉了最后一个面包。

"对了，你怎么知道我刚刚在担忧哇？"我嘴里含着面包含混不清地问。

"因为看到你在咬自己的腮帮子，像这样。"

里奥模仿了我刚刚的样子，不过不是出于恶意，他不是要借此取笑我的。

"我觉得你担心的东西太多了。"

"才不是呢。"我否认道。

"就是的，你忧心忡忡的时候，肩膀绷紧，比沉肩山还严肃。另外，你睡觉也不安稳，每隔一会儿就醒一次，

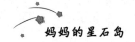

我猜活着的人会是这样的吧。你拥有一切，就有可能会失去这一切。在星石岛的人尘世的生命已经终结，所以不会忧心忡忡的。或者说，我不习惯这个样子。"他说着，目光飘向远方的默山。

里奥拿起杯子，咕咚咕咚喝了几口水，然后用手擦了擦嘴角，对我说：

"你能跟我讲讲爸爸吗？"

"我不知道从何说起。"我回答道，"你想知道些什么呢？"

"当然了，妈妈给我讲过不少爸爸的事情。我知道他喜欢下厨，老爱研究新菜式。不过有一次，他给妈妈做了胡萝卜冰淇淋……这个你不知道吧，你也不是都比我了解得多嘛。那个冰淇淋听妈妈描述好恶心的。我要是能有机会吃到老虎岛上的一种食物，我就选爸爸做的茄子土豆千层面。你能跟我讲讲爸爸拍的照片吗，就是他的摄影作品？妈妈说他最爱……"

里奥突然停下了。

"你又在咬自己腮帮子了。"他对我说。

"呃……爸爸不再是以前的样子了。你跟妈妈过世后他就像变了个人似的。我见过他车祸前的照片，那时的他看起来幸福极了！可是你们去世后，他眼中的光彩就消失了。现在他每天就是从早到晚坐在鱼缸前，一直盯着看。"

"盯着什么？"

"嗯，就盯着鱼缸里的水。我们连鱼都没有养呢。"

里奥慢慢转动着手里的瓶子，然后看向我。

"你会常常难过吗？"他问我。

我避开他的目光望向羊群。

"会吧。"我坦白道。

"为什么呢？"里奥寻根究底般问。

"我为爸爸难过，还有就是，我太想念你跟妈妈了。"

"那你经常哭吗？"他又问，"我自己难过的时候，哭一哭就好受多了。"

"我哭不出来。"我如实说。

"人人都会哭哇！"

"可我不会。"

"为什么呀？"

"我不知道。"我说着默默捡起了衣服上的面包屑，"我就是哭不⋯⋯"

"可是为什么呢？"里奥疑惑不已。

他看着我，就像奶奶填字谜时碰到难猜的词那种表情。

"自从车祸后我就这样了。"我说着从地上捡起了奇拉，"也许是因为爸爸的缘故？你可以见见他，他现在又

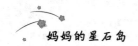

高又瘦，面容憔悴。"

"可你才是小孩子呀！"里奥不解。

"是呀，我知道。"我回答道，虽然有时候看起来是不太像，"爸爸有些脆弱。"

"脆弱？"里奥略带嘲讽地说，"我是说呀，他又不是什么枯萎的小花朵，对不对？"

"别说得这么难听！爸爸也很难。"说着，我的目光从奇拉身上移开。

"才不管呢，你才是需要安慰和保护的小孩子！死去的是你的妈妈。爸爸是个成年人了，他的妈妈还活得好好的。大人就应该照顾好小孩，妈妈就总是这么说。"

"我现在还是不会哭。"我说话时用手轻拍着奇拉的背。

"那你会生气吗？你会对爸爸发脾气吗？"里奥又问道。

"不会。"我如实回答，"根本不管用的，你要是见过爸爸就会明白，你对他生不起气来的。"

"你可以对任何人生气呀。"里奥说，"有时候我会对妈妈发脾气，就因为她呼吸声太大了。"

"你不是吧！"我不敢相信地问。

"就是这样啊。她有时候也会对我生气，就因为我问了太多问题之类的事。不过气消得也快，不管因为什么，转眼间就过去了。要是你爱一个人，生气这种小事无足挂齿。"

有一会儿我们静静地没说话，只是望着羊儿们在柔嫩的青草上漫步。里奥接着收拾了早餐的残留物，把毛绒玩具归置好。我把奇拉递过去，他最后一个把她塞进了背包。

"你能跟我讲讲奶奶吗？"他请求道。

"奶奶性格特别和蔼可亲。"我描述道，"她喜欢玩猜字谜，喜欢菲丽都糖。"

"菲丽都糖？那是什么呀？"

"就是小小的圆形的糖果，有好几种口味——像是香蕉味啊，甘草味啊。吃起来有点酸酸的，大概这么大的样子。"我用大拇指和食指圈成圈比画了一下，"吃起来可好吃了。奶奶的包里常年放着一袋这样的糖果。每次我难过的时候，她就喊我小甜虎逗我开心。这时候她对我更加温柔了。"

我说起奶奶的时候，里奥默默低下了头。

"你是在难过吗？"我轻声问。

"呃，只是……我从来没见过他们。"他伤心地说。

我安静了好久，望着里奥，他在来回摆弄一片草叶。

"奶奶要是见到你，一定会亲热地喊你里奥宝贝的。然后她还会给你这个。"我说着伸出手，假装手心有一捧

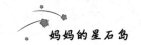
菲丽都糖果，"喏，快拿着！"

里奥看着我的手，然后把这些"菲丽都糖"都扒拉到了自己手里，还拿起几个丢进了嘴巴。他的脸上渐渐浮现出笑容。

"糖果真好吃。"他说，"能再给我一点吗？"

"喏，还有一大堆呢。"我说，"拿些装你口袋里吧，以后也可以吃。"

"那我就留着以后吃。"里奥嚼着糖果咧开嘴笑了，又把看不见的糖果揣进了口袋。

"现在感觉好些了吗？"我问他。

"嗯。"里奥咕哝道，"好多了，你呢？"

"嗯。"

"我真高兴你来了。"他说。

他仰头看着我，微笑渐渐放大。他说话时棕色的眼睛闪闪发亮。

"现在我就带你参观下星石岛吧！"

他吹了下口哨，羊儿们听到就朝这边跑过来。这些羊儿们像云朵一样，一路小跑着在草地上踩出了一条路。它们兴奋地咩咩地叫着，小耳朵在风中摆动。听到里奥吹哨，个个看起来神情愉悦，几乎可以说是幸福了。里奥说羊儿总共就十二只，不过晚上难以入眠的时候他还是会一个个数一遍。

"我介绍下，他们分别叫阿蒂、丹尼、拉娜，还有那只叫阿狼！"

"阿狼？"我说着踮起脚尖去看。

小跑过来的这只看起来只是普通的羊嘛。阿狼听到里奥说她的名字也咩咩地回应。

"呃，这个名字是妈妈取的。她觉得一只羊如果叫阿狼的话多有意思呀。在岛上我们有很多时间可以消磨。"他咧嘴笑着说。

阿狼用头顶了下里奥的腿。他温柔地拍了拍阿狼的脖子和背。阿蒂朝我奔过来，也想得到我的爱抚。她的毛光滑又柔软。她急不可耐地拿头去撞我的手，然后抬头望着我，恳求的眼神好像在说要我多轻拍一会儿。这一撞突然让我有了种奇异的感觉，我好像忘记了什么重要的事情，我绝对不能忘的事情。我快想起来的时候，里奥大声说：

"快点！我们一起去大平原吧！"

里面的樱桃树

　　我们和云朵般的羊儿一起往前奔跑，虽然在星石岛上我只是一个普通人，却感觉自己是展翅掠过天空的飞鸟。跑起来时里奥的长发随风飘动。

　　我们一路穿过稀疏的大森林，我在想阿里安说得没错，我的脚也渴望感受这里柔软的草地、大大小小的石头，还有那些曲曲折折被踩平了的小路。这种真实的触感从脚下传遍了我的全身，我有一种强烈的归属感。绕过沉肩山时我在想：跟阿狼一起在前面领路的里奥，他也是我不可分割的一部分，是我的同胞兄弟。

　　终于，我们到达了目的地。

　　"那就是大平原！"里奥说着在我面前的草地上转了

个圈。

　　这是我见过的最宽广的平原，金色和绿色在这里汇成了一片海洋。一阵微风吹过，颀长的草翻起一轮又一轮的绿波，发出沙沙的声响。这儿随处可见小巧玲珑的蓝色风铃草，还有不知道名字的硕大的红色花朵，让人心情大好。还有那条河，滋养了岛上万物的河流，从默山奔流而下，一路翻滚着从平原流过。

　　"快看羊儿们！"里奥大声喊道，"它们最爱这里的植物。快看哪！"

　　阿狼、阿蒂，还有同伴们像扇子一样分散在大平原上，用牙齿撕咬着花花草草。它们大力咀嚼着，好像世界上最开心的事情莫过于此，扯下草叶，再津津有味地咀嚼，这一系列动作都洋溢着幸福。我的兄弟和我在草丛上漫步，啊，我有了兄弟。我看着他，心里忍不住唱起了歌。

　　"你老是这么近距离打量人吗？"他笑着说。

　　"不是啦。"我否认道，不自然地对他笑了笑。

　　我伸手抚过颀长的草叶，手心有点痒痒的。

　　"这里一直都是夏天吗？"我问道。

　　里奥揪下一株草，把草秆末端塞进了嘴里。

　　"当然了。"他回答道，草尖随着他的咀嚼在风里翻转。

　　看起来真有意思，我也学着拔了一片草叶，放到嘴里

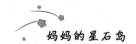
嚼着。

"嘿，你看。"我模仿着他，嘴巴里的草叶也随着咀嚼翻转。

里奥忍不住笑了，顽皮地戳了一把我的胳膊。

"嗨，我们谁大一点儿？"我问道。

"我觉得年龄没那么重要。"里奥满不在乎地说。

"呃，也许是不重要，不过……"我还是坚持地问下去。

"那好吧，你比我大一点。"他说。

"大多少呢？"我又一次探问。

"就十三分钟而已。"

"十三分钟。"我心满意足地重复着，"嗯，我觉得大多少都没什么，几分钟十几分钟都有可能，是吧？"

里奥咧嘴笑了笑。

"你觉得年龄不重要，是不是？"他问我。

"哈！"我顽皮地接过他的话，"要是我小一点的话就不重要！不过现在我知道了，我比你大，那长幼就很重要了。再说了，我不是大了一点点，我比你早出生了整整十——三——分——钟呢。"

"切，你还是别得意了。"里奥说着翻了个白眼，"给我讲讲你在老虎岛的生活吧！你最好的朋友是谁呀？"

我停止了咀嚼，把含着的草叶慢慢地拉了出来。

"我没有最好的朋友。"我回答说。

"可你不是在上学呀？"他不解道。

"是啊，不过我多数时候都是自己跟自己玩。我不想让任何人怜悯我。"

"为什么别人会怜悯你？"他惊讶地问。

"因为我没了妈妈，爸爸又总是伤心欲绝的样子。"

我又看到了里奥前额的愁纹。

"可你还活着呀！"他大声说，"你可以随心所欲，想干吗就干吗，想去哪里就去哪里——你还能看到整个世界！"

"话说，你也活着呢。"我望着他说。

我们停在草地上不往前走了，眼睛注视着彼此。我把手掌贴近他的胸膛，感觉那里有怦怦怦的心跳声。

"你也活着呢。"我再次说，"我能感觉到。"

我用另一只手贴近自己的心脏位置。

"你跟我一样，都是活生生的人哪。"

"在这里我是有生命的，不过在老虎岛我已经死了。"他说着拿开了我的手。

我们之间陷入了一阵沉默。我们继续走过平原，不过感觉有什么变了。之前口角之争又回来了，我忘记了更重要的骨肉亲情。我看着里奥难过的眼神，内心的不快再次

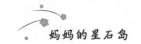

烟消云散。我的弟弟看起来闷闷不乐，我想让他开心起来。

"喏，"我先开口说，"给你几块菲丽都糖。"

里奥微微笑了笑，接过了看不见的糖果。他往嘴巴里塞了几颗，咽了下去。要是奶奶在这儿，她一定又要借糖发挥，唠叨起美好的东西了。

"这个岛上没有别人了吗？"我尽量和颜悦色地问。

里奥像是突然想起了什么。他慢慢地把嘴里的草叶拿出来，像是在抽雪茄，喷一口烟，做出严肃的神情。

"嗯，其实还有几个人生活在岛上。"

"什么？！是谁呀？"我迫不及待地想知道。

"三姐妹。"他简短地回答道。

他又把草叶塞进了嘴里，说话的时候草叶也随着翻转：

"三姐妹是远古时期太阳的女儿。她们都一大把年纪了。妈妈说她们活得比时间还久。三姐妹通晓生死之类的事情，不过知道这么多也是麻烦事，因为总是会被扰得不得安宁。她们住在小岛另一侧，占据了一片沙滩，那里长满了杏树。她们只想静静地跟杏树生活在一起。对了，她们还用杏核在沙滩上划了界线，不让任何人过去，谁去打扰的话，她们就发了疯一样往那人身上吐杏核。"

"你是怎么知道的？"我好奇地问。

"呃，"里奥一字一句地说，"因为我和妈妈朝她们吐过唾沫。"

"什么？！真的吗？"我震惊了。

"对，我们确实干过。有一次我们越过了杏核界线，我的天哪，她们简直气急败坏，像发射子弹一样朝我们吐杏核，妈妈的肩膀都被砸青了！那是我第一次，也是最后一次见到三姐妹。之后妈妈定了一个新规矩，其实就是那三姐妹先前立的规矩，不过这次是妈妈定的：绝对不能越过杏核界线。"

"那阿里安没跟你们一起吗？"我问，"你们去窥探三姐妹的时候？"

"没去，她这人不喜欢……恶作剧。她比较严肃，多数时候就坐在沙滩上唱歌，寻觅风中的话语。不过她人很好，是我见过的最善良的人，我可喜欢她了。我可想象不出她跟我俩一起拼命逃离三姐妹的场景。"

他想到这里咧嘴笑了。

"那妈妈呢？"我问，"她喜欢恶作剧吗？"

"说起来就有意思了。"里奥回忆说，"妈妈喜欢恶搞玩闹。她喜欢所有戏剧性的、有趣味的、有想象力的东西。还有，她喜欢玩游戏，杏树事件之后，她发明了一个新游戏，不过只能在那边的樱桃树上玩。"

对，我看到了。在大平原的远处，一棵美丽的古树参

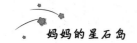

天耸立。枝干肆意地伸向蓝天，叶子肥厚饱满，枝干上悬
着的红樱桃依稀可见。树冠如大片的云朵，重重绿叶、点
点樱桃在这棵参天古树上休憩。一阵风吹过，树叶哗啦作
响，宛若永恒的夏日里屋顶上的重重绿幕。樱桃树似乎在
静待我们的到来。

我望向里奥，他也望着我，我们不约而同地朝这棵树
跑去。我们把背包丢在了树下的草地上，我抓着低处的树
干往上翻，树皮粗糙，树干结实。里奥随后跟着我爬了上
来。坐在树上看到的完全是另一个世界——一个樱桃的乐
园。树枝相互交映，绿树成荫，下面略显昏暗。不过没关系，
樱桃树本身有自己的小太阳——那些圆圆的叶片下垂着一
颗颗火红的汁液饱满的樱桃。风吹树冠沙沙作响，我俩从
这根枝条上爬到另一根上面。

"那游戏是怎么玩的呢？"我问里奥。

"首先，我们要爬得再高一点。"他说，"这样下面
的人就看不到我们了。"

我爬到了最粗壮也是最高的那根树枝上。

"我跟妈妈以前就是坐在这根树枝上的。"他说。

我伸手拉他，他爬上来坐在了我旁边。这根树枝粗壮
极了，坐上去很舒服。我的腿一摇一摆的，感觉树枝在风
里轻轻晃动。

"游戏的名字叫作'里面的樱桃树'。"

"为什么不叫'樱桃树里'呢？"我诧异道。

"这名字是妈妈取的。她觉得反过来叫更别出心裁。玩法就是人躲在树冠里，让别人看不见你。然后比赛吐樱桃核，看谁吐得远。最远的那个人就赢了。要是那三姐妹走出杏核界线，我们就准备还击了。"

里奥伸手摘了些樱桃。

"给你，拿着这几个。"他说着递了一半给我。

樱桃被太阳照得暖暖的，含在嘴里，就像甜蜜温暖的夏天在舌尖融化。

"我先告诉你呀"他说，"我玩这个游戏很在行的，所以等下你输的时候别难过噢。"

我的舌尖转着樱桃核，深吸了一口气，用尽全力往远处吐。果核在空中划出一道弧形的曲线，落到了离大树几米远的地方。

"你输了才别难过呢。"我不服气地说。

里奥咧嘴笑了。他拿起一把樱桃一股脑儿地丢进嘴里，然后一下子吐出来，一个接一个的果核连珠似的从空中划过。果然，他的果核落地处比我的远。我又拿起一颗樱桃，吃掉了软甜的果肉，闭上眼用尽浑身力气往远处吐。

看着这个果核我们都有些惊异，居然比他的还远一点。

"别难过。"我得意地说，"可能就是因为我比你早出生十——三——分——钟吧。"

里奥大笑起来戳了下我的手臂。我也不甘示弱地戳回去。一股暖流在我身上流淌，从脚趾一直朝上涌遍全身。我觉得仿佛有一棵樱桃树，从我脚底生根发芽，一直长满全身。在这棵樱桃树树顶，也就是我的心脏位置，我和弟弟正坐在那里相视而笑。

"她要是能看到我们现在这样该多好啊。"里奥感慨说。

"你是说妈妈吗？"

"嗯，她一定会用眼睛拍下来铭记这一刻的。我们这里没照相机，你知道的，所以妈妈经常看着我，假装拿起一个相机，大声喊'咔嚓'，然后跟我讲她刚刚拍到了什么。"

"你觉得她要是在，会跟我们说些什么呢？"我用手抠着一小块树皮。

里奥也学我低头去抠树皮。

"也许……她会说'樱桃树里的我的小樱桃们现在在我心里咯？'她每次假装保存照片的时候都这么说，这样你就知道你在照片里，被放在了她心里的相册，大概是这样吧。"

我在树上晃着双腿想着妈妈，里奥再次向默山远望。

"你说过岛上的每个人都有自己的使命。"我对他说，"阿里安说你的使命就是照看羊群。"

"嗯，不过你也看到了，我的活儿轻轻松松的。"里奥说着挥手指向平原，"它们自己也能生活得很好。"

羊儿们悠闲地四处溜达，间或低头吃草或咩咩地叫几声。

"跟妈妈和阿里安的使命相比，我的就太简单了。你看啊，她们要照看好星石还有整个岛。我喜欢羊儿们，真的。尤其是你，对吧阿狼！"他朝着她大声说，阿狼听见自己的名字好奇地抬了抬头，"不过，我还是想做更多……承担更多责任。"

"那三姐妹呢？她们的使命是什么呢？"

"我们都不知道。"里奥回答说，"现在还不清楚。"

"那我呢？"我追问道，"我也有使命吗？"

"岛上的每个人都有一个使命。妈妈说就像在戏剧里一样，每个人都有自己要做的事情。我也不知道你的使命是什么，也许跟那些神秘的话语有关？"

我手指缠绕着一片樱桃叶，内心思索着，万一我的使命是拯救妈妈呢？我们又看了看刚刚比赛时吐的樱桃核，我的那个还在最前面。

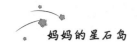

"对了，"里奥突然说，"我打破了妈妈立下的规矩，越过了杏核围成的界线，就在她消失的第二天。"

"你做了什么呀？"我问里奥。

"妈妈失踪后，阿里安再也听不到风中的言语了，我也不知所措，所以就跑去找三姐妹，我想说不定她们的使命就是拯救妈妈呢。我对着她们大声呼叫：帮帮我们，求你了！你们一定要把妈妈从石化森林里救出来！可不论我怎么哭喊，她们都没有反应，甚至也不像以前一样朝我吐杏核了。她们压根儿不搭理我了。"

"也许她们没在家呢？"我怀着希望问。

"可是我到那儿的时候听到树林里窸窸窣窣的声音，然后静默了下来。依我看，她们不会离开杏树林的。"

他正说到这里，突然抬头看到了太阳。

"哦，天哪……到时间了！"他说着拍了拍自己的脑袋，"现在是夜长日短了……对不起，蒂格里丝！我忘记夜晚时间变长了……你必须得回去了！"

"那妈妈怎么办呢？"我边说边顺着树往下爬。

"阿里安很快会找到更多言语的。相信我！"里奥说，"尽快再回到这里来！"

我一跃跳下了树，从地上一把抓起我的背包。

"沿着这条河往前就是沙滩了。"里奥大喊，"不过要快点！"

我开始拼了命地跑，几乎是一路飞奔穿过大平原，背包在我肩膀上来回撞击。我沿着河流疾走如飞。

"我会再回来的！"我边跑边喊道，"我会尽快回来的！"

我到了海边，看到阿里安坐过的岩石上空无一人，星石被藏在黑色的石头大门后。我有股冲动想去看看，不过没时间了。木箱已经拖到了树下，我把箱子放到水里，咸咸的海水溅起水花。我快速地把箱子推离岸边，推到海里，从后面一跃而上。水流翻滚涌向天际，玫瑰花的浓烈香味再次袭来。我抚摸手上被阿蒂的头顶过的地方，突然间想起来一件事，之前我忘记的那件重要的事：今天是圣诞节。

圣诞节

"蒂格里丝！蒂格里丝！"

"我要报警了，真的。她已经不见了好几个小时了，这简直是场噩梦！谁家的小孩儿会在圣诞前一天跑丢呢？！"

卧室的门正开着，我听到了客厅里传来惊慌失措的声音。我立刻爬出箱子，把它推到我桌子下的暗处。

"我在这儿呢！"我大喊道，直接跑到客厅里现身。

"蒂格里丝！"

爸爸如释重负地坐在了地板上，把我拉进他的怀里。他呼出的气息很不好闻，胡楂儿刺刺的，扎到了我的脸。奶奶冲过来抱住我们。她抱着我们，紧紧地不撒手。

"你去哪里了？！"她说着放开了我们。

"跟我保证，你再也不会像这样失踪了，再也不要！"爸爸说。

"我躺在床底下睡着了。"我撒谎说。

这么说也不全是在撒谎嘛，我确实是睡过去了，不过是睡在木箱里，漂去了星石岛。

"这不可能。"奶奶厉声说，"我们查看了床底，检查了好几次都没人！"

"你去哪里了？"爸爸担心地问。

"可能是我……滚到了书桌下……睡着的时候？"我谨慎地说。

奶奶额头的愁纹变成了严肃的表情。

"蒂格里丝，别对我们撒谎。"她郑重地说，"我们检查了每一个角落，都快担心死了。今天可是圣诞节呢！"

也许是因为我心里的那棵樱桃树长大了，就是我和弟弟坐过的那棵树。想到我多年未曾谋面的弟弟，想到跟他度过的美好时光，我就没那么同情爸爸了。这时我做了一件出人意料的事情。

"好吧，我们到底是谁在撒谎啊？"我反驳道，声音听起来像里奥一样冷漠。

"你想说什么？"奶奶问。

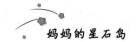

"你们两个！"我大喊，"你们自我出生起就一直在骗我！"

他俩震惊地看着我，嘴巴微张，一副不敢相信自己听到了什么的样子，好像站在面前的我是个彻头彻尾的陌生人。

"就算有人撒谎，那也是你们！你打算什么时候告诉我毛绒玩具的实情啊，爸爸！"

"实……实情？"爸爸结结巴巴地应道。

"我全都知道了，所有的一切都知道了！"我大声喊道。

我奔向自己的卧室，重重地带上门，窗户玻璃都被震得咯咯作响。我一下子倒在床上，气得直发抖。骗子，都是骗子！我用手紧紧攥着毯子，攥得手都疼了。我才不是骗子，是他们一直在撒谎！他们从我出生起就一直对我撒谎。我狠狠地踢了下床垫。我想从这里消失，去星石岛，不管奶奶和爸爸了，再也不回来了，就让他们坐那儿后悔去吧。我拿枕头蒙着脸大叫，牙齿撕咬着枕头。

这时门口传来谨慎的敲门声。

"走开！"我喊道。

"亲爱的，你能先出来吗，我们谈谈？"爸爸说。

"不要叫我亲爱的！"

"对不起，蒂格里丝，我是说，我……"

他又在跟我道歉了。我最讨厌爸爸道歉了。要是他从一开始就没做错，就不用一直给我道歉，是不是？我握紧拳头捶打着枕头发泄。我捶枕头是因为爸爸一直在对我撒谎，因为他从没提过我有个弟弟，因为他意志消沉，都不能好好照顾我，因为他连给那个讨厌的破鱼缸买条鱼都办不到。我打了一拳又一拳，以此发泄心中的怒火。

这时门边再次传来爸爸的声音：

"求你了！不然告诉我你为什么这么生气吧？"

我没有回答。他自己一想就该明白了吧！想清楚这事又不难，又不是一等一的聪明人才办得到。

"你难道不想拆圣诞礼物吗？"他问道。

他的声音听起来弱弱的，虽然他已经是个大人了。

"我不想要任何圣诞礼物！"我生气地喊。

"可是……"

"我就想自己待会儿。你不明白吗？"

突然间砰的一声巨响！我的拳头捶到了床头柜，手一阵阵地抽痛，如同自己的心，一颗受了伤的心。

"你还好吗，蒂格里丝？"爸爸担忧地问。

我没有理他，只是盯着我的手，我那在跳动着的、疼痛的心。我能感觉到爸爸在门外担忧的心情，也许他正用

看着鱼缸的空荡眼神凝视我的卧室门？也许他是一副迷惑不解的样子。又或者他的手正放在门上，纠结着要不要敲门。爸爸最终还是没有敲。看来他是想通走开了，过了一会儿，他沉重的呼吸声就从门外消失了。

这时一阵怒气冲冲的脚步声从客厅传来，离我越来越近。奶奶猛地推开了我的门。

"你不能这样。"她不容置疑地说，"这扇门要开着，没得商量！我就只有一个孙女！我要照顾好她，哪怕她不领情。"

"哦！是吗？"我漫不经心地应道。

奶奶从来没这么生气过。这时我注意到了她的眼睛，她不是在生气，她的眼神告诉我，她是担心害怕。

"现在我去给你拿些吃的来。"她严肃地说，"你一定要吃点东西，小甜虎。就算不饿也要吃点。"

我在床上蜷缩成一团，背对着门口。奶奶很快就回来了，我听到她把盘子放在了床头柜上，我故意不看她。我躺在那儿，盯着光秃秃的墙，准备一整天都不起来了，也许这辈子就躺着了。

奶奶小心地把手放在我背上。我极力忍着才没挣脱，挣脱的话情形会更糟糕。奶奶掌心的温度渐渐传到了我的背部。

"我不知道你发生了什么，蒂格里丝，不管是因为搬家还是什么事，我们都在你身边呢，永远都在。就算你爸爸……抑郁了，他也是深爱着你的。我也是。你是我们的小甜虎，是我们的心肝宝贝！"

我没有回应她，就是躺在那儿盯着墙面。我只不过想让他们跟我说实话罢了。是他们一直在撒谎，不是我。他们应该跟我道歉，告诉我里奥的事情，而不是反过来。

"快点吃吧，蒂格里丝。"奶奶恳求地说。

她的手掌宛如一颗温暖的星星贴着我的背。随后她抽回手离开了房间，星星就熄灭了。

一开始我就是躺在那里一动不动。我不想吃东西，我什么都不想做。不过之后我的肚子开始咕咕叫，就算这样我还是不想吃，我不情愿地转过身，看到奶奶做的一堆希腊式圣诞节食物。盘子里的东西都是我平时爱吃的。有希腊粽子、烤土豆、酿彩椒、菠菜起司卷（菠菜和奶酪做成的卷饼），还有果仁蜜饼和希腊雪球饼干在召唤我——我最喜欢的希腊特色圣诞饼干。食物看起来太诱人了，我想着，忍不住拿了些酿彩椒的边角料吃。奶奶还特意放了瓶圣诞葡萄汁在餐盘上，下面垫着一张纸巾，纸巾上有个快快乐乐的圣诞精灵。我实在忍不住了，开始狼吞虎咽，还喝了饮料，虽然心里还在生气。我本来打算绝食抗议的，

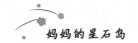

可我实在太饿了，最后我全部都吃光了。不过为了表示自己的态度，我把节日餐巾纸撕得粉碎，放回了餐盘上，这样他们就明白我其实还是在生气的。

我不是会经常生气的那种人，所以也不太清楚接下来要怎么收场。一直躺在床上生闷气也挺无聊的，我拿出了爸爸的旧电脑，噼里啪啦地大力敲击键盘，之后我看了猫咪的视频，过了一会儿觉得视频也无聊至极，我就愤愤地开始收拾房间了。我暴力地推拉着物品，发出砰砰的声响。我在一个搬家的箱子里发现了一枚书签，上面有只狮子。我拿着胶带，怒气冲冲地把它贴到了床头。哼，我要把整个房间都贴满，要么至少把那张爸爸妈妈，还有我和里奥的被撕的照片贴出来以示抗议。不过我还是希望爸爸能主动跟我坦白，消除误解。在这之前，这枚书签就摆在这里绝对不撤。或许这能让爸爸明白我已经知晓了这个秘密，他是时候告诉我了。

可是爸爸什么都不明白。

我躺在床上百无聊赖地盯着天花板。胳膊有点疼，我怀念里奥顽皮地轻戳我胳膊的样子。很快就会到傍晚，再一转眼夜幕就降临了。暗影又会偷走一颗星石，天上又会有一颗星星熄灭。夜会变得越来越漫长。可是最长能有多久呢？要是白天完全消失怎么办？星石岛上的万物会不会全都消失呢？万一里奥和阿里安弄错了，妈妈已经死了呢？

我的目光落到了木箱上。然后我朝门缝处望了望，爸爸还坐在鱼缸前的老位置上，厨房里传来咔嗒咔嗒的声音，估计是奶奶在洗碗。我想着他们不会注意到的，我还可以回到星石岛，等他们发现就晚了。我下了床，踮起脚尖走到门边，蹑手蹑脚地关上了门。

一瞬间我听见雷鸣般的脚步声一步步靠近，奶奶猛地拉开了房门。

"不能关，亲爱的！这扇门要开着。"她命令说。

这就让我很生气了。

"像这样吗？"我说着又关上了一点，只留下一点门缝，"这样可以吧？"

奶奶又推了下，让门敞开得再大一点。

"像这样，这样我就没问题。"她坚持道。

"好吧，那就这样吧。"我说着又敞开了一点。

现在门缝大概有两个手掌的宽度了。

奶奶叹了口气。

"那好吧。"她说，"不过你今晚哪儿也不许去！"

爸爸去卧室拿了个毯子和几个枕头，显然他今晚是要在客厅睡下了。这样我就没机会回到星石岛了，至少今晚不行。爸爸正在往沙发上放枕头，从枕头的位置可以看出，

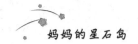

他睡在那儿能清清楚楚看到我的整个卧室。我叹了口气，转身又对着墙睡下了。

过了一会儿，我听见有人敲我房门，爸爸的头伸了进来。

"蒂格里丝，你真的不想拆圣诞礼物吗？要是……"

"你难道没听到我说的话吗？我不想拆。"

"那好吧，我知道了。"他无奈道，"那我们明天再庆祝好了，以前我们在希腊住的时候也是这样过的。"

我正要努力睡着的时候，听到窗外传来了一阵欢快的声音。我溜下床去看，外面漆黑一片，但街灯的光亮下，一个男孩正挥舞着手臂往前走，他留着黑色的短发，戴着一顶小帽子，头发从帽子里钻了出来。他跟我差不多大，不过我以前没见过他。跟他同行的是位年轻的女士，穿着米色的大衣，粉色的方格披肩随风翻飞。他说了什么让这位女士大笑了起来。她的头发微微卷曲，两个人看起来开心极了，边走边聊。走到我们这栋楼的时候，我就看不到了。

紧接着我就马上听到了大楼的前门开关的声音，上楼的脚步声经过我们公寓，又往楼上走去了。楼上某一户的门开了又关上，欢乐的声音就此消失了。我想着，妈妈和里奥说不定就是这样子呢。说不定我的另一半家人就是他们这样呢。

　　然而，他们只是两个陌生人。

　　我又坐回床上，盯着空荡荡的屋顶。

　　"晚安，小猫咪。"我听到客厅传来问候的声音。

　　不过这次我没有回答。

圣诞节 2.0

第二天早晨，我从卧室出来，奶奶已经做好了早饭。厨房的餐桌上摆着三碗圣诞米粥。

"有个碗里面有颗杏仁噢。"奶奶说着对我眨了眨眼，谁吃到了杏仁，谁就拥有一整年的好运气。

圣诞节的事情好像没有发生过一样，可是覆水难收，发生了就是发生了。我见到了里奥，我的弟弟，我知道妈妈现在在哪里。我还惦记着要尽快回到星石岛呢！可我现在被困在这里寸步难行，跟奶奶和圣诞米粥绑在一起。

"你不坐下来吗，蒂格里丝？"奶奶带着关切的神情问。

我轻叹了一声，走过去坐在厨房的沙发长凳上。

"圣诞快乐，蒂格里丝。"爸爸走进厨房说。

他依旧穿着平时的运动服，不知怎的看起来有些戒备的样子。他走起路来更平稳了，好像身体支撑起来没那么费力了似的。

"今天不是圣诞了，昨天才是。"我说着坐在那儿双腿晃来晃去。

爸爸在餐桌前停了下来，好像在思考。接着他说：

"嗯，今天当然算圣诞。今天是圣诞节 2.0。"

"啊？那是什么来着？"我说着停止了晃腿。

"怎么说呢，我刚发明的，你觉得是什么呢？"

爸爸拿出了肉桂粉，还有一盒牛奶，给每个人都倒了一杯。我有些不太确定。

"可能……就像圣诞节一样，只是第二天过的意思？"

"听起来你蛮聪明的嘛。"爸爸说，"那你觉得呢，妈妈？"

爸爸望着站在洗碗池边的奶奶。

"对啊，一定是这样的。"奶奶说着关上了壁橱。

奶奶在每个碗旁边放了些餐巾纸，然后拉开椅子坐在了餐桌旁。

"我今天想拆圣诞礼物。"奶奶说，"我还想多吃些圣诞大餐。你今天想做什么呢，蒂格里丝？"

"呃，听起来不错啊。"我附和着她，开始吃米粥。

"那就这么定了。"爸爸说。

爸爸吃着吃着在自己碗里发现了杏仁。他许愿说希望传统的圣诞节目能在每年圣诞季重播，包括圣诞 2.0 当天。我低头看了看沙发凳旁边的空位，是两个人的空位。我觉得爸爸一定偷偷许了别的愿望，很可能会跟我的愿望不谋而合。

我睡在床上搂着小恶魔，端详着自己的手。我的生命线弯弯曲曲地从掌心穿过，就如同星石岛上的河流。我无聊地盯着屋顶，爸爸在厨房洗碗，奶奶在客厅哼歌。我的卧室门还是半开着，我看到奶奶坐在摇椅上，老花镜滑到了鼻尖，报纸打开摊在膝上。她手里拿着笔，一定是又在玩填字游戏了。爸爸洗完出来，又坐回沙发上的老位置，盯着鱼缸发呆。就几分钟时间，我只需要几分钟就能拉出箱子，逃离这里。

我正要关上卧室门，奶奶放下报纸大声说：

"嘿，嘿，嘿！你要干什么，蒂格里丝？"

"没什么！我在想在卧室里的几个小时要做些什么。"我含糊地答道，"我们能晚一点拆礼物吗？"

奶奶把手上的报纸啪的一声放在了咖啡桌上。我立刻跳回床上，一把抓过小恶魔。我梳理着她毛茸茸的尾巴，在奶奶冲进来的时候装作无辜的样子。

"不行，蒂格里丝！"奶奶严肃地说，"圣诞节已经过去了，现在我们还有个圣诞节 2.0，还是请你不要再想着过圣诞节 3.0 了，好吗？"

奶奶站在我的卧室门口，双臂交叉抱在胸前。突然间她像是耗尽了精气神，如同一只气球放了气一般慢慢瘪下去，她长叹了一声。

"你能不能走出房间，跟我们待一会儿呢？那样的话就太好了。"

我望了望书桌底下的箱子，一遍遍抚摸着小恶魔柔软的尾巴。爸爸在客厅里大声喊道：

"我们现在来拆礼物吧，蒂格里丝？"

他的声音很亲切的样子。奶奶站在门前等着，看我的眼神里充满恳求。我想，也许拆完礼物后再走会容易一点？

"行，那好吧。"我答应道，"我们现在去拆礼物吧。"

礼物就放在塑料的圣诞树下，没有几个，不过个个包装精美，盒子上装饰有大蝴蝶结和长丝带。看起来爸爸和奶奶花了不少心思。我负责分发礼物，奶奶看到自己的猫咪日历开心地笑出了声儿来。

"你选的东西太可爱了！"她愉快地说，翻出了所有含有做瑜伽的猫的日历页。

我指给她看一只在做下犬式瑜伽的猫，连爸爸也笑了，

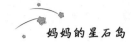

虽然只是嘴角略有笑意——他眼中没有闪闪的亮光。爸爸送了奶奶一大包菲丽都糖，订阅了新的字谜游戏。爸爸对我们送的电动剃须刀表示了感谢，然后他打开了我单独送他的礼物，是海洋主题的明信片。他看着那张上面有一群鱼儿的明信片久久地陷入沉思。又端详着鲨鱼的那张，等到看到美人鱼那张，我看到了爸爸细微的表情：他的嘴角渐渐盈满笑意，笑容一路延伸开来，眼睛闪闪发亮。笑容虽只持续了半秒，可是我看见了。我看到爸爸笑了。

"我觉得你可以贴在你房间的墙上。"我对他说。

"谢谢你，明信片棒极了。"爸爸说着拥抱了我一下，"你一直都是我的贴心小棉袄。"

这时圣诞树下就剩一份礼物没拆了。盒子很大，方方正正的，包装纸是金色的，还带一个漂亮的红色蝴蝶结。爸爸和奶奶坐在沙发上等我去拆。我站在树旁，沉吟了一会儿。

"你不准备打开看看吗？"奶奶问，"这个是我们一起送的。"

我有些局促不安，摆弄着树上挂的一个亮晶晶的天使挂件。如果还是毛绒玩具或其他我不想要的奇怪东西怎么办？他们两个就坐在沙发上，整整齐齐地，用希冀的目光看着我。

奶奶忍不住起身，走过来拿起了礼物。

"拿着。"她说着递给了我。

包装纸金光闪闪的，上面有个白色的便笺，形状像一朵雪花。上面是奶奶整洁的字迹，写着："蒂格里丝，圣诞快乐，来自爸爸和奶奶。"我坐在圣诞树旁的地板上，小心地拉开包装盒上的蝴蝶结。接着我扯掉胶带，撕下包装纸，里面是一个硬硬的纸盒。打开纸盒，我看到绿色的皱纹纸，里面竟然是……

"是电脑？！"我望着爸爸和奶奶激动地大喊，"可是……我们买不起吧，是不是？"

"可以的。"奶奶回答道，"这个圣诞节没问题的。"

我跳过去拥抱了爸爸和奶奶。

"太谢谢你们了！"我欢呼雀跃起来。

"这个比我的旧电脑好看一些。"爸爸说，"我，呃……我还有一个东西，蒂格里丝。"

爸爸起身去了卧室，回来的时候慌慌不安的样子。他用目光扫了扫周围，步伐也小心翼翼的，好像脚下的地板会裂开，分崩离析一样。我看到他的胳膊下夹着什么东西。

"我还没来得及包装。"他说，"不过我觉得是时候给你了。"

那个东西反射着客厅顶灯的光，看起来像是个相框。

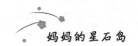

爸爸的袖子掠过了玻璃镜面。

"我觉得应该擦一下。"他说。

"能给我看看吗？"我说着走到了他身边。

我伸手去接相框。拿过来一看，一阵震颤传遍了我的全身，照片里的那个人正是妈妈。

那边的男孩

　　我端详着照片上的妈妈，她也在看着我。我直视她的眼睛，感觉妙不可言。她的蓝眼睛忽闪忽闪亮晶晶的，像环绕着星石岛的蔚蓝海洋。她的睫毛漆黑浓密，跟我和里奥的一模一样。这张照片里她没有像其他照片里一样大笑，她矜持地微笑着，不过你看她的眼睛下面，还有她的脸颊，笑纹已经在候场了，我一看就注意到了，她似乎随时都会大笑起来一样。她的头发还是一如往常，洒脱飘逸。她披着一条白色的披肩，上面点缀着一串串樱桃。她的嘴唇红润，两颗金色的小星星在她的双耳下摇曳生姿，耳饰上还有闪闪发光的雨滴。她穿着一件湖蓝色的衬衫。衬衫看起来皱皱的，还有小小的斑点，好像刚刚刷完牙，牙膏沫滴

在衣服上了。照片里的整个人看起来栩栩如生，好像随时能从相框中走出来一样。

"你看到你们有多像了吗？"爸爸感叹说。

我激动到说不出话来，只能点点头，用手抚摸着妈妈照片中的头发。

"这是我们粉刷你以前的卧室的时候照的。你记得吗，那面蓝色的墙？"

"我记得，蓝色的墙。"我回答道。

"你是不是看到照片难过了？"爸爸迟疑地问。

"不，我很喜欢这张。"我说着用袖子擦了擦镜面上模糊的地方，"我能把这张放在我的床头吗？"

"当然可以了。"爸爸应允道。

"我拿走的话，你会难过吗？"

爸爸抠了抠自己的手指甲，他的手在微微颤动。

"可能有一点，不过总体上感觉蛮好的。"

相框是金色的，边缘镌刻着小小的苹果。背后有个支架，拉开就能把它立在桌上。这样我每天早晨醒来、晚上睡觉时就能看到妈妈了，每晚我也可以对她说"晚安，大帽"了，就像她还在我身边一样。

哪怕她已经离开了。

我把照片放在床头柜上，躺下来盯着天花板发呆，我想念以前的公寓里的蓝色墙面，想念那个专属妈妈的磕痕，我最想念的还是妈妈。我拿过小恶魔，把手埋进她柔软的尾巴。然后我想起了里奥。我每年都收到爸爸送的生日礼物，还有圣诞礼物，里奥却只在生日时收到一份。我想起了他那些破旧的毛绒玩具，他的小狮子乱蓬蓬的鬃毛、磨损的尾巴，还有他拿回奇拉的时候眼中兴奋的光彩。现在还是白天，等夜幕降临还要消磨好几个小时。

我跟奶奶说想再去一趟镇上的百货商店，她觉得出去玩一下也不错。爸爸像往常一样枯坐在鱼缸前，盯着里面的气泡和石头。奶奶和我大声交谈，好让爸爸知道我们是在计划坐地铁进城。然后我们穿上鼓鼓囊囊的冬衣，出门直奔奶奶的车。

"你有什么特别想买的东西吗？"奶奶问。

"就一个。"我简短答道。

我们开车进城，奶奶从杂物箱拿出来菲丽都糖，一路上我一直在吃。

我们去的这家商店有世界上所有的物品，反正它给我的感觉是这样的，商店高大宏伟，像是一座宫殿。我跟奶奶说我想自己一个人去买点东西，所以她就自己在里面转转，看有没有头发往后梳的英俊小伙子。不过她没找到。幸运的是，我找到一只玩具老虎。奶奶回来的时候我正要

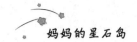

付钱。坐电梯下去的时候她问我：

"我还以为你不喜欢毛绒玩具了呢。"

"人是会变的嘛，是不是？"我有意回避道。

"不过你不是有一只老虎了吗？"她疑惑地问。

"嗯，不过它太孤独了，所以我想再买一只陪伴它。"我说着，手搭在扶梯上一路向下移。

她笑了笑，用慈爱的祖母的手抚摸了我的脸颊。

"我的小可爱。"她对我说。

然后我们就回家了。

我正要脱掉袜子，拿着刚买的玩具小老虎爬进箱子，奶奶大声说吃圣诞节大餐的时候到了，之后又说是时候出去散散步了。爸爸需要晒晒太阳，散步对我们都有益处。

外面天寒地冻，白雪耀眼，很少有人出门，好像全世界都蜷缩在奶奶新熨过的温暖的被单下。我们沿着公寓楼之间的小路散步，然后步行去自然保护区，奶奶对着白雪覆盖的灌木树枝心满意足地点头。

"出来走走真是件美妙的事情啊！"奶奶说。

确实感觉蛮不错的。

我们快到家的时候，碰到了那个男孩和他妈妈。不过这次的女士不是同一个人了，她留着蓝色短发，一只耳朵上戴着闪亮的耳环。

"嗨。"这位妈妈打招呼说。

"嗨。"奶奶回应道。

我跟这个男孩对视了一下。这次他戴着彩虹条纹的长围巾，少说也在脖子上绕了七圈。他还戴着一顶霓虹粉色的针织帽，手揣在衣兜里。

"你们是刚搬来的一家人，是吗？"这位妈妈问。

我们点了点头。

"我叫娜塔莎。"她热情地介绍，"他叫尼科莱。"

"大家都叫我尼科！"尼科接过话说。

"多好啊！"奶奶说话时眼睛里放出光芒，"我叫艾琳娜，这是我的儿子麦洛，我的孙女蒂格里丝。"

"哇，蒂格里丝——真是好名字。"尼科称赞道。

我偷偷地瞥了他一眼，发现他也正偷偷地打量着我。

"圣诞节后开学，你们在学校里会是同一个班吧。"娜塔莎问，"尼科，你不是说你们班要新转来一个女孩子吗？"

"是啊，一个叫蒂格里丝的女孩儿，所以，除非你还知道有其他人叫这个名字，不然就是你了。"

我有点局促不安，因为我不怎么跟自己不熟的人聊天。爸爸看起来也是不自然的样子。我注意到他的目光开始锁

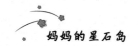

定家的方向了。

"蒂格里丝要有个新朋友了，太好了。"爸爸说。

"呃，这个要再看吧。"尼科无所谓地说，"成为朋友，怎么说呢，我们就在同一个班，跟我们成为朋友不是一回事。"

奶奶难以置信似的瞪大了眼睛，她不习惯别人说话这么直白。我不知道要说些什么，尼科看起来为人不错，同时又有些难以接近，可能还是友好的感觉为主吧。

"你们肯定会成为朋友的。"娜塔莎自信地说，"蒂格里丝人很不错呀。"

大家沉默了一会儿，谁也没有说话。尼科看着我，我低头看着地上的雪。这时爸爸清了清嗓子。

"我们……见到你们很高兴。相信大家会很快再见的。"他说，"我们要进去了……"

"那是自然了。"娜塔莎说，脸上洋溢着愉快的笑容，只有真正幸福的人才有的那种笑容。

"那，圣诞快乐。"爸爸祝福道。

接着我们转身走进了大楼，气氛有点尴尬，娜塔莎和尼科也跟我们进了同一个大门，所以我们要再一次道别，走到我家楼梯口时又说了一次再见。爸爸的脸色比往常红润些，我觉得不只是因为天寒冻的。

"他们一定是友善的一家子！"我们一回到公寓奶奶就说。

爸爸和我对看了一眼，心照不宣地陷入沉默。

那一晚我想了很多，也许圣诞节不适合我，圣诞节 2.0 可能与我更相宜。因为后者没有一大堆的条条框框，你可以安心做自己，没有粉饰，事物就是它本来的样子。大家都在庆祝圣诞节，一派欢天喜地的时候，我也不用觉得自己格格不入，是世界上最古怪的人。圣诞节 2.0 其实更随性自在。

我躺在枕头堆成的山上看着妈妈的照片，她也回望着我。我的手轻轻拂过她卷曲的头发，她樱桃图案的披肩，还有她耳朵下垂着的金色小星星和闪亮的雨滴。

"晚安，小猫咪！"爸爸在客厅的沙发上对我说。

他拿毯子盖住全身，打了个哈欠。我们透过门缝彼此看了一眼。

"晚安，大帽。"我回应着，小幅度地挥了挥手。

然后我转过来看着妈妈，尽可能小声地说：

"晚安，大帽。"

我关掉了灯。尽管十分疲倦，我却睡不着。我又抬头去看窗外的星星，还是一无所获。我的手搭在胳膊上，正是里奥淘气地戳我的位置。我想念我的双胞胎弟弟，怀念

129

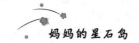

他的顽皮。他现在一定孤零零地躺在篝火旁，周围摆了一圈毛绒玩具，等着看又一颗星星熄灭。还有阿里安，她现在一定放下了星石洞的石门来保护星石。不过暗影会像往常一样到来，带走一颗星石，此时妈妈还被困在石化森林里寸步难行。可我呢，我在做什么呢？无所事事而已。要是那首曲子拯救不了妈妈怎么办？什么时候听说过曲子能救命的？

　　我忍不住唉声叹气，看了看木箱，黑暗中依稀能辨出它的轮廓。手电筒还在地板上，我那晚发现另一半照片时拿来用过。也不知道为什么，我老是忍不住去瞄手电筒，好似它在黑暗中闪着白光。最后我下床把它捡了起来。我躺在床上，拿着手电筒开了又关，关了又开，照着空荡荡的墙面。开开关关，反反复复，圆圆的光圈在黑暗中出现又消失，好似太阳，我这么想着，好似……

　　这时一股电流传遍我的全身，让我的心跳加快。就像是太阳，我思索着。现在我知道怎么阻止暗影了！我得回到星石岛去告诉里奥。不过我首先需要个人证，让我能偷偷回去，不被奶奶和爸爸发现。可是怎么办呢？我慢慢关掉了手电筒，太阳随即消失了。

　　这些问题一直占据着我的脑海，时不时地冒出来。我的身体越来越沉重，思维越来越缓慢。这时我脑海里浮现出里奥躺在篝火旁的样子。然后里奥圆形的人像渐渐变窄，长发也变短了，头上长出了一顶霓虹粉的针织帽。这时候我突然明白要怎么办了。

找尼科！

我要让尼科帮我做证。

之后我就渐渐睡着了。

助人

今天是 12 月 26 日，有人称是节礼日，也许称其为第二个圣诞日或圣诞节 2.0 过后的第二天更恰当。像往年一样，我们没有什么安排。或者说，是奶奶和爸爸没有什么安排。我却有个计划，一个宏伟的计划。要是平时，我一定已经局促不安了，平时的我甚至不会去做这事。不过我已经不再是过去的我了。我不再只是蒂格里丝，我是里奥的姐姐，是妈妈的孩子，我有自己的使命要完成。现在我必须重返星石岛！

我一吃完早餐就飞速冲进楼梯间，一口气奔到上面的楼层。我敲了那个门上写着"库兹涅佐娃和钱伯斯"的门。我敲门时还没来得及思考，也没有来得及去紧张。我必须这么做，这是我唯一的出路了。

长长的几秒钟过去，门后传来了脚步声。我听到了开门的咔嗒声。我要见的人出现了，他穿着紫色的裤子，圆点花纹的衬衫，好奇地打量着我。

"你喜欢帮助人吗？"我开门见山地问。

"那得看什么情况。"尼科答道。

"是吗？"我问，"难道你不是一贯地助人为乐吗？"

"帮我喜欢的人还行。或者呃……其他一般人也行吧。"他说，"为什么这么问？"

"呃，我不知道你愿不愿意帮帮我，我需要一个证明。"

尼科跟我一起走到了楼梯间，轻手轻脚地关上了身后的公寓门。

"证明？"他重复着，一副饶有兴趣的样子。

"是的，我知道我们没那么熟，可我找不到其他人帮忙了。我今晚必须要做一件事，不能让我爸爸发现，你能跟大人说我在你家玩吗？"

"可那不是撒谎嘛。"尼科说。

"是的。"我试图说服他，"不过，这是个善意的谎言。"

他咬了咬嘴唇，看起来是在考虑我的话。

"你要干什么？"他问道。

"就办个小事。"我含混不清地答。

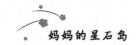

"所以，你不能告诉我咯？"他问道。

"是的，嗯……我不能说。不过这事至关重要，可能是我这辈子最重要的事情了。"

我话一出口，就知道事实的确如此。我不能坐以待毙，任由事情发展下去。我必须要去拯救妈妈。

"你难道不能直接跟他谈谈吗？"

"你说谁？"我问道，我脑袋里冒出来的是里奥。

"你爸爸。"尼科说。

"不行，我跟你说过了，他不会同意的。"

"我不喜欢撒谎。"他倔强地说。

这时我简直要冒火了。

"那算了！"我气鼓鼓地说，"就当我没问过你。我又不是没人可求，算了算了！"

我转过身正准备冲下楼去，他在后面说：

"在成为敌人之前，我们能不能先做朋友？"

我的怒气立刻消失了。

"你刚刚说什么？"我问道，缓缓转过身走上楼梯。

他刚刚说过的话，我听过一模一样的。

"呃，我想说我们得先……"

"我听到了！"我肯定地说，"不过，你是从哪里知道的这话？"

The Isle of a Thousand Stars

"从这里啊。"他说着指了指自己的脑袋，"都是从这里想出来的。"

我们对望了一会儿，好大一会儿。他站在门边，我站在楼梯上。尼科的头发又黑又短，他的耳朵跟我一样小。他的眼睛是棕色的，看起来温柔可亲，有些像里奥的眼睛。他站在那里打量着我。虽然我们站在那儿一言不发地盯着对方，可是我一点也不觉得尴尬。

终于，尼科叹了口气。

"好吧，我就帮你撒一次谎……不过有个条件。"他妥协道。

"什么条件？"我问。

"我们明天一起玩，这样我们可以真正成为朋友。"

"可是那天你不是说我们不会成为朋友吗？"我问道。

"呃，我是开玩笑的。我是真心想跟你做朋友！我只是不知道你愿不愿意。"

"那你愿意做我的证人了？"我确认道。

"你明天真的来玩吗？"他问道。

"好哇。"我回答道，"下午来吧，我上午会很困的。"

"好的。"他应声，"不过我们今晚做了什么呢，要是有人问起的话？"

"就说我在你家看视频。我们一起吃比萨、看猫咪

视频。"

"猫咪视频？"

"对呀，你也喜欢的。"

"那就这么说定了，我们在看视频。感觉你已经很了解我了。"他咧嘴笑了笑说，"那之后呢？"

"之后你邀请我在你家过夜。"

"太棒了！"尼科说，"不过我要先声明，我睡觉打呼噜。"

"随你吧。我不会真的在你家睡觉的。你知道的，是吧？这只是充当证词。"

"当然了，我知道。"他说，"我只是想更保险一些。万一你哪天真的想在我家看视频，或者玩耍过夜呢。"

我没有回应他的后半句话。我重复了下我们的计划：

"我跟爸爸说你邀请我五点半到你家玩，在这儿过夜。"

"万一他来我家找你呢？"

"应该不会。不过万一他来了，你一定要自己去开门，不要让你爸妈去，就告诉他我已经睡着了。你觉得可以吗？"

"没问题。"他答应道。

我转身下楼，感觉到背后一片灼热，尼科的眼睛还在追随我，我停下脚步。

"谢谢你。"我背对着他说。

"嗨，你保证明天下午会来玩是吧？"

"嗯哼。"我说，"我保证。"

要说服爸爸并不难，他一听到我想跟尼科做朋友，要去他家看电影甚至过夜，爸爸简直高兴坏了。

"你们想吃糖果吗？"爸爸问，"我可以给你们弄些零食。"

"尼科的爸妈已经买了一大堆糖果了。"我撒谎说，"不过还是谢谢。"

"那早餐呢？"爸爸又问，他的眼睛闪闪发亮，"我可以做些早餐？比如粥什么的，你喜欢的食物？"

"不用了，谢谢爸爸。在尼科家过夜一定会……很有意思的。"

半小时后，奶奶和爸爸出门散步了。他们一出门，我就写了张字条放在厨房餐桌上："等不及了！我先去尼科家了。明天见。晚安，大帽！"然后我还在字条上画了一颗红心和一顶黑色的帽子。做完这一切，我飞速拿起背包，把手电筒放进去，我正要去拿玩具老虎时，听到门外叮叮当当的响声。

"我真是老糊涂了，又忘了戴手套。"奶奶的声音从楼梯间传来。

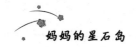

然后我听到钥匙开锁的声音。完蛋了！要是我现在去拿老虎，他们会看到我的，那我的证明计划就全泡汤了。玩具我只能以后再拿了。我快速抓过背包，躲进了箱子。他们走到前厅的时候，我已经上路了。浓烈的玫瑰花香袭来，我陷入了沉沉的睡眠。

风中回旋的言语

　　乌云给太阳蒙上了一层面纱，棕色的麻雀在海上一小群一小群地飞来飞去。水波无比笃定地朝着小岛涌去，箱子随着翻涌的浪花上下波动起伏，大海在用一只手坚定地推着我向前走。此时此刻，大海像是我久违的朋友，山峦似乎在欢呼我的到来。我在脑海里回应它们的召唤：我来了！我来了！

　　阿里安又坐在那块岩石上，我慢慢靠近，听到乐声在海洋上弥漫。阿里安在唱歌，不过风把歌声吹散了。她看见我，随即放下了里拉琴，从石头上滑了下来，关上了星石洞的黑色石头门。她迫不及待地朝岸边奔过来，鸽灰色的披肩在她肩膀上挂着，下端拖进了水里，她一点也没察觉。

等到箱子触底靠岸，她已经在那里等着我了，眼睛里露出神秘莫测的微笑。

"我们一直在等你。"她说着帮我把箱子拉到了岸上。

"上次我来的时候你不在。"我说，"岩石上没看到你。"

"我去寻觅言语了。风在那边的山前低吟，我就赶过去了，我在贝壳里找，在石头前找。风在哪里我就去哪里，言语一直在风中回旋。"

"那……你找到了什么吗？"我期待地问。

阿里安笑了，笑时双颊的肌肉鼓起，又一次露出了牙齿。

"是的。"她说，"很有收获。"

"那是什么呢，什么样的言语呢？"我问道，内心已经悬了起来。

万一她已经听懂了整首歌？万一这首歌真的有用呢？那妈妈不就得救了。阿里安朝着大岩石走去，我快速跟上她。她爬到石头上，拿起了里拉琴，然后手放在弦上，开始弹奏妈妈那个旋律开头的音符：

"群星引路，唔唔唔唔，唔唔唔唔——唔唔，唔唔——唔唔。"

云朵随着旋律飞过天空，之后阿里安微笑着不再出声了。

我在等她唱下去。

阿里安也在等着。

我又等了一会儿。

她也是。

"那……难道就只有这些吗？"我忍不住开口。

阿里安的笑容僵硬起来。

"你难道没听到吗？"她问道，"还有另一个世界！之前有星石岛和你在的老虎岛，现在有三个了。我们很快就能救回莱拉了！"

我的心顿时凉了半截，缩成了一颗小小的杏核。我什么也没说，就直愣愣地站在那儿。才两个词，这根本就跟没有一样！就这两个词的歌曲怎么可能救得了妈妈？换成任何曲子也绝不可能办到吧？阿里安根本什么都不懂！不过里奥应该会明白。

"里奥在哪儿？"我问她。

阿里安的眼神黯淡下来，好像她目光里的麻雀一下子飞走了。

"你这就去吗？"她问，"你才刚到这儿，难道不想再去看下星石吗？"

"我有话必须要跟里奥说。"我坚持道。

"你不能放弃，蒂格里丝！我们要有耐心。有些事着急不来的。"她解释说，"不过这首歌有一种力量，我知道……"

"那妈妈呢？"我大声质问道，"你觉得她应该有多大耐心，她现在孤身一人被困在石化森林里。"

阿里安无法回答这个问题。她不安地摆弄着手里的里拉琴，低头盯着自己的膝盖。这时我突然来了脾气。

"是你说有言语在风中回旋的，那接着回旋啊！"我大吼道，"既然言语有那么大魔力，那让它回旋下去杀死暗影，让我再见到妈妈呀！让它回旋着把妈妈带出石化森林哪！"

我也不知道自己是在对谁大吼大叫，是对阿里安还是风生气。我只是胸中郁郁不平。阿里安再抬头看的时候，突然表情大变。她满脸惊恐，直直地盯着默山。

"我会再多找些言语的。"她悄声说，手里紧紧地抓着里拉琴，"我会的，我会在风里寻觅……"

她朝着自己旁边的位置看过去，估计那是妈妈常坐的地方。

"我会找到更多言语的。"阿里安对着石头自言自语。

现在是紧要关头，浪费不起时间了。我有事情要做，里奥也是。

"他在哪里？"我再次问道。

"在大平原上。"她说，"不过……"

我没有再听下去，我已经等不及跑走了。大平原还有很远，我一路跨过急流河，经过大片的橡树和无花果树，穿过了大森林，才走到大平原。

等我到那儿的时候，天色已经暗了下来。大平原上流水潺潺，细长的草叶抽打着我的腿。远远地，我看到了羊群，它们正在吃草，头深深地埋进了青草里，我冲进平原的时候，一只羊抬起头咩咩地叫着，是阿蒂，她向我奔过来，小耳朵在风里摆动。

我抚摸了她很久很久，就像里奥习惯做的那样。她毛茸茸的外套摸起来细密柔软。我环顾平原四周，里奥不在这儿。阿蒂这时用头顶着我的手。

"他在哪里？"我问道，好像她能听懂我讲话似的。

也许我们确实心意相通，她咩咩地叫了几声，望向樱桃树的方向。正在那时，一个小小的圆形的东西从枝叶浓密的树顶飞落而下，在空中划过一道完美的弧线。

"里奥。"我大喊着向樱桃树奔去。

樱桃树笑了起来，枝干轻微晃动，树叶发出沙沙的声响。满眼绿意中垂下来一双光着的脚，显得格外突出。

"蒂格里丝！"这棵树大喊道。

一眨眼间，里奥就从树上跳了下来，落到了草地上。看到我，笑容渐渐在他脸上生根发芽。

我跑过去拥抱他。现在我可以跟他讲我的计划了。

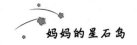

"抱歉，我这么久才来。"我对他说。

"没关系。"他兴奋地说，"你现在不是来了嘛！真是太棒了，是不是？"

他的眼睛如星星般闪烁。

"什么太棒了？"我问道。

"我们很快就能把妈妈救出来了，哈！"他激动地说。

"快点，告诉我怎么做！"我急切地问。

我在想，也许里奥有个切实可行的计划。也许他知道其他解救妈妈的办法，也许……

"不记得了吗？那首歌啊！"里奥说，"阿里安没告诉你那首歌的新进展吗？"

我内心希望的小火苗顿时被浇灭了。

"可那首歌只有两个词啊，是不是？"我不屑地说，我感觉黑暗的气息正向我们袭来。

"你说'只有'是什么意思？"里奥质问道，"这绝不能算'只有'！所有的名曲都得由一个词开头，阿里安已经有了两个。你难道不明白吗？我们很快就能把妈妈救出来了！"

我几乎是出离愤怒了。

"是你一直搞不清状况！"我吼道，"你居然以为我们单凭一首古老的破曲子就能拯救妈妈。"

里奥眨了眨眼，眼中的光芒落入无边的黑暗。

"你才是真正的一无所知。"他赌气说。

"我当然知道。我知道的事情多了去了！我知道要是我们不赶快想办法，妈妈就要死了，你以为你是世界上最聪明的人吗？"

"星星还在发光……"

"别跟我扯星星！"我大喊道，"妈妈这么说不过是为了安慰你，你难道不明白吗？"

"才不是，妈妈还活着。"里奥的声音越来越大，"她还活着，我就知道！"

"你说除了牧羊，你还想接受其他的使命，我现在就有一个给你！"

"你压根儿不明白。"里奥争辩说，"使命不是自己选择的！"

"不，当然可以选了。"我反驳道，"你看看这些羊！它们自己不是活得好好的，你不也这么说过嘛。可有人活得不好，妈妈一个人可是受尽了苦难，我们俩必须阻止暗影，拯救妈妈。这就是我们的使命。我还知道我们怎么样才能达成。"

我卸下背包，取出了手电筒。

"这个，"我解释说，"这是支手电筒，你看！"

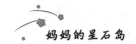

我打开手电筒，对着樱桃树照过去。一旁的羊儿们好奇地看着这边的亮光。

"那又怎样？"里奥问。

"暗影厌恶光亮，这是你说的。所以光亮能让暗影消失……"

我边说边沿着樱桃树转。手电筒的光束也在我面前不停地移动。

"今天晚上我们两个带着手电筒去闯石化森林。我们只在那儿待几分钟，这样就不会变成石头了。我们去那儿找妈妈，万一暗影来了，我们就拿手电筒照他，就像这样！"

我把光束对准了里奥，他顷刻间沐浴在光亮之中。他抬起手遮住了眼睛，以免被照瞎。

"我们就快速进入石化森林，找到她。然后我们就赶紧跑出来。一定能成的，我有信心！我一定要再见到妈妈……这是唯一的办法了。"

我停止说话，迎上了里奥的目光。他的眼睛一片漆黑，毫无光彩。他一把抓过手电筒，拿过来照着我的脸。

"就像这样。"他说着关掉了手电筒，光亮消失了，"暗影会杀了我们的。"

他在空气中挥舞着关掉了的手电筒，大声数落着我。

"你会死掉！我也会死！妈妈会死掉！阿里安也会死

的！三姐妹会死！星石也会死！所有的星星都会灭亡，星石岛会永远消失，再也见不到。计划真不错呀，蒂格里丝！你还真是聪明呢。"里奥声嘶力竭地大喊。

"不会的。"我反驳道，"绝不会到这个地步的。"

"会的，一定会！"里奥否决道，"你压根儿不了解暗影。你甚至都没见过他！我跟阿里安都知道他有多危险。妈妈消失的时候我们都在场。那时你在哪里呢，蒂格里丝？嗯？妈妈消失的时候你在哪里呢？"

"我在家。"我冷冷地答。

"那又是为什么呢？"里奥紧追不舍地问，他的眼睛几乎在冒火了，"对了，没错！因为你还活着！你生活在自己的世界里，活得高高兴兴，随心所欲的。妈妈、阿里安和我——我们生活在这儿。我们只有这个家。我们没有别的世界可去。一旦出了什么意外，我们这个世界就凭空消失了。可你呢，你还能坐木箱回到自己家，继续你之前的生活，当作这些都没发生过一样。"

手电筒的光在平原上晃来晃去，是里奥的手在颤抖。

"你怕了，"我走近前来毫不留情地说，"所以你就跟羊群一起躲在这儿。你因为害怕就眼睁睁看着妈妈死掉！"

"我没有躲！"里奥大叫。

"我还以为你名副其实，像狮子一样勇敢！"我嘲弄

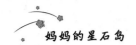
地说，"可是我错了。"

"哦，行吧，你要这么说的话！我还以为你像老虎一样敏捷呢！看来我也错了。我的姐姐能跑得很快，可她没有脑子。"他冲着羊群大声吼道。

接着他把手电筒扔进了黑暗中，手电筒重重地掉落在草丛上。

"你跑哇，不是跑得快嘛！"他指着手电筒的位置大声说，"快去，你跑去捡哪！"

我气得浑身发抖，简直火冒三丈，七窍生烟。我跑过去捡回了手电筒，转身对着里奥。

"你还是别叫我姐姐了。"我怒不可遏地大吼，"我才没有你这样的弟弟！"

然后我就跑开了。

"好哇！"他在我背后大喊，"那你跑回家吧！快点！回去跟奶奶吃菲丽都糖，坐等暗影杀了我们。快去呀！干脆抛弃我们吧！"

我听到了他在我背后大声咆哮，声音歇斯底里的。

之后一切归于沉寂。

篝火旁的谈话

  我跑到海边的时候，天色已经漆黑如墨。大岩石旁有人生了堆火，透过火光我看到了阿里安。她披着鸽灰色的披肩，聚精会神地看着火光，哼唱着妈妈的曲子。我走到近前的时候，她就不再唱了。

  "我知道你想问什么。"她盯着火光说。

  "我什么都不想问。"我赌气说，"我要回家。"

  "不，我知道你想问。"她说，"我生了一堆火，有些话只能在篝火旁说。过来吧。"

  她朝我伸开了双臂。火光在她眼睛里跳着舞，这时我才觉察到自己疲倦极了。我已经没有力气生气了。我叹了口气，取下了背后的背包。

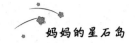

"来吧。"她召唤着我。

我爬到她的臂弯里，像一只雏鸟躲进能遮风挡雨的宽广的翅膀下，阿里安拉了拉披肩裹住我俩。大海在我们面前哗啦作响，篝火噼里啪啦的，散发着温暖的光。我抬头望向天空，这时才注意到这些闪烁的星星亮度多么微弱，月亮也已经不在了。看到我的表情阿里安低下了头。

"他已经来过了。"她说，"刚刚才走的。"

我刚刚真是气急了，居然没注意暗影又带走了一颗星石！我内心的大鸟呱呱地叫着，挥着黑色的爪子四处走动。

"别担心，他这次拿走的不是莱拉的最后一颗星石，她把最后一颗藏在了安全的地方。"阿里安以清晰明了的语气说。

她的眼睛在夜色中亮晶晶的。

"你是怎么知道的？"我问道。

"我就是知道。"她没正面回答我。

我们坐在那儿一言不发，看着眼前噼里啪啦的篝火。我身上渐渐暖和了起来。长在我身体里的那棵樱桃树有了一个空枝，是给里奥留的位置。这时我才知道失去弟弟是多么令人心痛的事情。

"你问吧。"阿里安说。

我摇了摇头。

"我没有问题。"我泄气地说。

"问题不在你脑袋里,在你心里。"她说着抱了我一下。

篝火噼啪作响,眼前的大海波澜壮阔,山川巍峨雄伟,黑暗无边无际,身在其中,我感觉自己十分渺小。我凝视着火光,突然想到一个问题。这个问题一直在我心里萦绕,可我不敢去问答案。这时,我悄声问了阿里安:

"我还能再见到她吗?"

"你要相信自己,会有这一天的。"阿里安说,"我们都怀着希望。不然就没办法坚持下去了。"

"可我不明白!"我质疑道,"要是妈妈创造了这个世界,那她为什么还创造了暗影这样的坏人?"

阿里安的下巴抵在我头上,过了一会儿她说:

"我觉得要从头跟你讲一下这个故事。"

火星如红色的沙子一样散向夜空,大海的波浪在眼前奔流不息,阿里安开始给我讲故事:

"十年前在老虎岛,那天刚下了入冬以来的第一场雪。一辆卡车撞到了你们,你跟麦洛会活下来,莱拉和里奥会死掉。她躺在车里,知道事情已经无法挽回,可她不甘心就这么死去。"

阿里安停顿了下来,望着大海。然后她的目光回到了篝火上,继续讲故事。

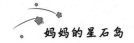

"莱拉一辈子都在剧院做布景师，她才华横溢，用画布、幕布、想象力和布景创造出一个又一个的世界，令人惊叹无比。我不知道这个新世界是怎么来的，估计没人知道。不知怎么的时间出现了裂缝，莱拉在车祸死去的那一瞬间，凭空创造了一个新世界，在这个新世界里里奥能正常长大，他俩能相依相伴。这个世界就是星石岛。"

夜色越来越浓，我紧紧地依偎着阿里安。

"莱拉自己也不清楚是怎么来到这里的，可她知道这个世界是怎么来的，会怎么发展下去。我也有自己的记忆。"

"那你怎么记得住这些呢？"我难以置信地望着阿里安。

"因为当时我在场。"她说着抓起一把沙子撒到篝火上。

红色的火星在夜空里盘旋上升，她接着讲述：

"莱拉在老虎岛去世，在无尽海里的一块巨石上醒来。醒来就看到石头上有个里拉琴在那儿等着她，虽然她从没弹奏过这种乐器，她的手指却能无师自通地弹起来。音乐在大海上响起，海浪越来越大，一座岛屿从大海的泡沫中拔地而起。莱拉弹哪弹，岛上渐渐长出连绵起伏的山峦——黑褐色的山峰平地而起，挺拔险峻，泉水如山中的花朵一样冒了出来，涓涓流淌。一条河流从山中出发，流经整个岛屿，如花茎插入泥土。十二片白云从天上降落，变成了大平原上的绵羊。棕色的麻雀从山前俯冲而下。太阳最古老的孩子——三姐妹从地平线缓缓走来。她们游过大海，在海岛的另一面着陆，她们每走一步，那里的杏树林就长大一点。

"莱拉演奏的时候，小岛也回应着。随着她的音乐，天上的星星一个个点亮了。你知道吗？我就是这么发现她的。我在无尽海里游了很久很久，听不到言语，弄丢了我名字的字母。我本来快要自暴自弃了，可这些星星挽救了我。看到星星在夜空中被一颗颗点亮，我就知道自己属于这里，必须来这个有一千颗星星的岛屿。

"跟莱拉在一起，我又能听到言语了。这些言语似乎已经在风中盘旋了成千上万年，只等着我去聆听。我听到岛上万物的名字，就唱了出来：沉肩山、春泉、大平原、默山，还有急流河，一边唱一边看着这个岛在黑暗中越长越大。星石岛好似在无尽海里沉睡了成千上万年，只等着莱拉的琴音为它注入生命。"

我的头重重地靠在阿里安的肩膀上。

"你还记得吗？我说过无尽海里的岛屿是宇宙间最古老的秘密？"

"嗯。"我盯着火光回答道。

"所有的岛屿都不相同，这个岛是莱拉用想象创造出来的。这里的夜晚充满各种梦境，还能看到一千颗星星。

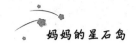

就像在剧院一样，每个角色都有自己的使命，星石岛上的人也是。我的使命就是为星石唱歌，莱拉的使命是为它们弹琴。我还不知道你的使命，不过岛上每个人都有使命。"

"那三姐妹的呢？"我问道，"她们的使命是什么呢？"

"我还不知道。"阿里安回答说，"不过她们也有该做的事情，不然就不会出现在这儿了。"

"对了，那暗影呢？"我接着问，"妈妈为什么创造出他来？"

阿里安没有立刻回答我，她若有所思地凝视着面前的大海。

"没有黑夜就没有白天，没有悲伤就没有喜悦，没有黑暗就没有光亮。星石岛这里也一样。"

她说话的声音跟之前不同了，之前深沉的语调现在变得忧郁起来。

"默山之外有个石化森林，莱拉起初弹奏乐曲，创造这个世界的时候，那是一片普通的森林——郁郁葱葱，幽静美丽，与别的森林没什么不同。不过她只要一开始想念你，暗影就出来了。我们看到一个可怕的东西横扫了岛屿，之后默山之外的石化森林就失去了生命。暗影越来越庞大，森林越来越虚弱。后来树木的生命到了尽头，只剩下黑色的尸骨。自那一刻起，这里就不再只有光亮，还有了黑暗。

新世界落成之时，各种力量汇聚于此，不停运转。莱拉太渴望一样东西了，暗影就是她必须付出的代价……"

"为什么付出的代价？"我问道。

阿里安再度沉默了。她好像在犹豫是否要继续讲。接下来她的声音更加温柔，语气也更谨慎。她说道：

"莱拉创造星石岛不仅仅是为了里奥，也是为了你。她希望有这么一个地方，将来你们可以再度相见。她没准备好离开你，蒂格里丝。所以她在老虎岛上留下了那个木箱，这样你就能借助它来到这儿了。要实现这样的愿望，是要付出高昂代价的。"

"所以暗影的存在是我的错了？"我不安地问。

我胸中的黑色大鸟在拍打着翅膀，哇哇大叫着猛冲进肚子里。

"不是的！"阿里安抓着我的手臂说，"这不是任何人的错，莱拉爱你！永远记得这个，蒂格里丝。她这么做是出于爱你！"

可我胸中的那只鸟在用尖利的爪子撕扯着我。

"事情已经如此，怎么发展就顺其自然吧。不过我现在又能听到言语了。有了那首歌我们就能阻止暗影。相信我，蒂格里丝！在这里，我就是了解这些事情。"阿里安劝慰我说。

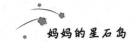

她抓过我冰凉的手贴近她跳动的心脏。我能感觉到，这不是不知所措的心跳声，这是知晓一切的坚定的心跳。

"去睡吧，蒂格里丝，言语会随着风再来找我们的。一切都会好起来的。"她安抚我说，"事情最终都会好起来的。如果还没好，就说明还没到最后。我活了这么些年了，大大小小的事情我都经历过，我都了解。"

阿里安蜷缩起来，在篝火旁睡着了。披肩还绕在我的肩膀上，我在那里坐了一会儿，盯着一明一灭的火焰。我内心隐隐作痛，暗影的存在是我的错，妈妈的消失是我的错，还有我……

这时我意识到了夜晚是多么的安静。黑暗像小提琴一样如泣如诉。天上的星星在颤动，我惶惶不安地扫视着群星，阿里安说得没错，上次丢的不是妈妈星座中的星星。我一直在找，想看到是哪颗星星在震动放大。等我看清是哪颗星，胸中立刻一阵剧痛。那是里奥的星星！那颗星一次又一次地震动着，好像在哭诉着求助，那是里奥星座中的一颗！之后这颗星熄灭了，星座中留下一个大大的黑洞。

我一把抓起背包，朝石化森林跑去。

石化森林

　　手电筒的光束摇晃着，在黑夜里宛如一只白色的眼睛。我顺着河流跑过去，经过橡树林和无花果树林。我想起了里奥惊恐不已的眼神，想到我们争谁大谁小的样子。手电筒的光反射着河流的水光，看起来颇有些不妙。我一头扎进黑夜，跑得上气不接下气，有些胸闷气短。我穿过森林，越过大平原，细长的草叶抽打着我的腿，我跑哇跑，看到一面巨大的黑色石头墙离我越来越近。

　　就是那里了，石头墙颜色乌黑，质地坚硬。我已经到了默山山脚下，蹚水过去，就能触摸到石头墙了。我走到墙跟前，把手放在冷冰冰的石头上，一只手抓住石头的缝隙边缘，沿着峭壁向上攀爬，另一只手拿着手电筒。我没

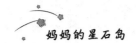

想太多，就冒险这么做了。我手脚并用，试探着寻觅石头缝隙和凹槽处落脚，接着我就开始往上爬了。

石头撕扯着我的腹部，我一步步艰难地向上移动着。我的身体慢慢适应了这座山的构造，我小心翼翼地试探着，向上攀爬，掌握好平衡，蹬着往上移动，一遍又一遍地重复着这些动作。

越往高处，上面的空气越冷。夜风纠缠着我的头发，石头划破了我的身体，我手脚并用，沿着黑色的山一步步往上爬，直到再也没有石头可以抓握，最后我猛地蹬了一脚，抓住了露出地面的岩石。之后我自己爬上去，重重地坐在了地上。我终于到了去往默山的入口，这周围一定有条路的。我挺身站了起来，拿着手电筒摇摇晃晃地往前走。在那里！几棵暗色的树中间，我认出了那条路，我沿着这条路艰难前行，走到了一个岔路口。其中一个分岔是山后往下行的路，弯弯曲曲的，我感到一阵阵寒意。

我认定了这条路走了下去。

越往前，周围的树就越矮，一副惶恐不安的样子。此刻没有风，树叶却在哗啦作响。坚硬的石头把我的脚都磨破了。我想要是我就此消失了，任何人都找不到我吧。这一切都是我的错，所有的一切。我沿着路向前走，拐过顶峰，一路走一路自责。紧接着我就停止思考了，因为终于到了。

石化森林突然显现在眼前。

森林里的参天大树胜过我以往见过的所有树木，树木黝黑，枝条茂密。它们从死寂的土地上拔地而起，像是巨大的瘦骨嶙峋的手臂、烧成黑炭的手掌。好像这些黑暗的手臂和手掌自己破土而出，就为了撕碎月亮，消灭光亮，留下永恒的黑暗。

我抬头看着这些高耸入云的大树，手电筒在我手中显得挺大的，与石化森林一比却像蚂蚁一样渺小。我握着手电筒的那只手开始颤抖，我长吸一口气想着接下来该怎么办。我要找到妈妈，救她回去，救完人我就跑。要是暗影出现，我就拿手电筒照他，杀了他。一旦我有石化的迹象，我就飞快逃跑。这计划我已经在脑海中演练了上千遍。我紧紧抓着手电筒，指节都变白了，现在要进入石化森林了，立刻马上！

可我的双脚动弹不得，腿也不听使唤了，心脏不停地乱跳，不适感一路传到了脑海。这时我想起了妈妈，鼓起勇气一个箭步冲进了黑暗中。

进来的第一感觉是静默，这里没有鸟儿，没有蝴蝶，没有嗡嗡作响的蜜蜂。这里的安静也不是纯粹的没有声音，我听到沉默在尖叫，发出刺耳的声音。石化森林里原有的

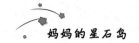

生物都变成了一堆骨架，走进森林就如同走进地狱。地上传来的寒意渐渐遍布我的全身，像一把钝刀一下一下割着我的血肉。

"妈妈？"我小声喊道。

石化森林也学我喊："妈妈！妈妈！妈妈！"

我的喊声在死寂的石化森林里回荡，这让我起了一层鸡皮疙瘩。我慢慢往森林更深处走去，这儿的星星都不发光了，只有手电筒的光忽闪忽闪的，像白色的眼睛在黑暗中寻觅着。

我回头看了看那些凌乱的黑色大树，它们如同断掉的肋骨从地底下伸出来。我在那些死气沉沉的石头后面搜寻，哪里都没有妈妈的踪影。她一定就在这儿的某处！我走过那些石化草木铺成的路，脚如同走在针尖上，慢慢变得麻木。黑色大鸟在我心里尖叫，指引我往它反应最厉害的地方走去。周围的树慢慢长高，越来越多的枝干顶着死掉的土地拔地而起，林中万物围着我越长越大。刺痛的感觉在我身上蔓延，从腿上到臀部，最后到肚子，感觉肩负千斤重担。是不是她没认出我的声音？是不是她不知道我是她的孩子，而她是我的妈妈？于是我换了称谓，小声喊道：

"莱拉？"

这次森林里没有再传来回声，不过可怕的事情发生了。

　　我的鼻孔一阵刺痛，一股类似腐烂的肉的刺鼻恶臭粗暴地袭进鼻孔，我快要呕吐了。我环顾四周，发现自己已被石化的树木包围。我感觉好像有人在监视我，有人在暗处盯着我。我再次小声喊妈妈，可是没能发出声音。这时我听到了心跳声。石化森林只有这一种声音在回荡：怦……！怦……！怦……！我的内心一片黑暗。大地开始颤抖，一截枯枝从树上掉下来，落在我脚边摔得粉碎。枯死的树中间有个危险的东西潜行而来……我几乎不能呼吸了。手电筒的白色眼睛扫过这些树，突然间照到了反光的东西。

　　暗影出现在我面前。

　　他注视着手电筒发出的白光，站在那里微微打战。我几乎动不了了，心脏快要从胸腔里跳出来，我赶紧把手电筒对准暗影，虽然这个动作很艰难，如同在水中潜行，可我必须这么做。我一定得杀死暗影。他慢慢走进光亮里，一步步靠近，我用尽力气只能把光束照到他的腿上。

　　我心惊肉跳，几乎不敢抬眼看他。

　　他长得高大健壮，浑身漆黑，黑色的心脏跳起来如同雷鸣，在我脑袋里震动。他的胳膊和手也是一片黑暗，至于他的脸……我握着手电筒的手在颤抖，所以光在夜里变成了一道一道的。他的脸上没有鼻子，没有嘴巴，只有两

个尖利的小眼睛，没有眼皮，如同蛇的眼睛。他头歪着向我这边注视，看我心惊胆战的样子他好像觉得很好玩，手电筒也蛮有意思。接着他又靠近了我一点，这时我才明白：世界上没有什么手电筒能杀死暗影，他却可以杀死我。

这时我应该逃跑的，立刻马上跑，我之前就是这么计划的。可是我的脚却不听使唤，我的身体像过敏一样有刺痛感。暗影离我仅几步之遥，我拿着手电筒的手在微微发抖，他弯腰戳了戳我的手，感觉有一支冰箭射进了我的身体。手电筒从我手上掉了下来，掉到摔得粉碎的树枝上。

白色的眼睛照亮了暗影，他身躯庞大，人又很警觉。他看了看手电筒，又看了看我，眼神就像是看着一个翻了壳的乌龟。他缓缓地，缓缓地举起黑暗之手，攥得越来越紧，好像手里握着我的肺，拼命地挤压，我呼吸越来越困难了，眼前开始出现幻觉，我的身体麻木了，身体器官一个个罢工了。我倒在地上无力还手，丝毫无法抵抗这种冲击力。本来应该是很疼的，可我几乎没有任何感觉了。我倒下去的时候撞到了手电筒，白色的眼睛颤抖了一下。现在它不再对准暗影了，它照到了暗影身边的东西。

白色的眼睛在我面前发出微光，我看到了星石！暗影掳走的所有星石都在这里，星石呈灰色，不再发光了，就在我面前堆成一堆。暗影得意地看着我，好像我的恐惧让他无比开心。我捧过五车二星的那只手忍不住向星石伸过去，我努力抬起沉重的手臂，去够星石。我的指尖刚碰到一颗星石，手指就有种奇怪的感觉，像一只蝴蝶在胃里打转，内心忐忑不安。颤动的感觉从手掌传到手臂，就像光渐渐穿透了我的身体。我一点一点地恢复了生命。虽然全身都在痛，可我能感觉到内心有光。我想到了坐在樱桃树上的妈妈，想起了里奥和他的毛绒玩具，想到爸爸做的茄子土豆千层面，想到奶奶开车慢如蜗牛就像时光倒流。这时我用尽最后一丝力气，硬撑着站了起来，仰头望向暗影的时候，我浑身都在发抖。怦……！怦……！怦……！他的心跳如雷。暗影再次望向手电筒，好像瞬间明白了什么。我看了看森林的四周，渴望寻觅到妈妈的蛛丝马迹，只要有她的一丝痕迹，我都不会放过。可是她不在这里，我找不到人。石化森林里空空荡荡的没有她。妈妈不在这里，我内心的鸟儿一遍又一遍地尖叫着。

　　暗影的目光从手电筒上移开，他开始向我走来，尖利的眼睛直勾勾地盯着我。他躯体这么庞大，我身板这么小，该怎么办。他走到我面前，缓缓地弯下腰捡起地上的手电筒，对准我的眼睛一个劲儿地照。强光刺得我不停地眨眼。这时一声呼喊传来！有人在远方喊我的名字。光束颤抖了一下，暗影想必也听到了。他环顾四周看是谁在大喊。时

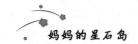

机来了，再不走就永远走不掉了，这是个难得的机会。于是我开始发力狂奔，我的身体似有千斤重负，双腿几乎支撑不住，肺里上气不接下气。我听到他邪恶的心脏在我身后跳动，怦……！怦……！怦……！我只是一味地往前跑，踏上冰冷的土地，穿过死亡的空气。我感觉到他尖利的双眼在背后注视着我。这时又有一束光传来，他把手电筒的白色眼睛对准了我，暗影现在不只有两只眼睛了，他有了三只。在白光的照射下我逃出了石化森林。

　　我逃出去径直冲进了里奥的怀里。

也许天空会哭泣

里奥看到我时气喘吁吁的，脸色发白。他大喊着我的名字，紧紧地抱住了我。

"怎么了？"我小声说，除此再也说不出别的话来。

白色的眼睛还在后面盯着我，暗影还在石化森林里注视着我。

"快跑！"我轻声对里奥说，同时挣脱了他的怀抱。

我抓住他的手臂，然后我们一起逃离了石化森林。

"再快点！"我上气不接下气地说。

里奥跑起来如离弦的箭，我的身体沉重如磐石，是他在拉着我往前跑。他挽着我的手臂，一起跟跟跄跄往前冲，他连拖带拉地带着我跌跌撞撞地走到小路上，天还下着冷

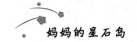

雨。我们一直跑，一直跑，直到山口才停下来。

"去那边！躲进去。"他低声命令道，手指向一道大石头裂口。我蹒跚地走进去坐了下来。

等我再抬头看，里奥已经不见了。周边一片黑暗，我内心在尖叫，我胳膊上以前被他戳过的那块突然有灼痛感。

"快回来！回到我这儿来。"我小声喊。

这时暗夜里出现一支火把，是里奥！里奥手持火把跑上山，健步如飞。他迅速跟我一起躲进了石头裂口，还带着火把。燃烧的火光中，我看到了他脏兮兮的脸，他的眼神惊恐万分。

"你找到她了吗？"他轻声问。

黑暗再次朝我袭来，我要踩灭他的最后一丝希望了。答案太沉重了，我有口难言。于是我只能摇了摇头。

里奥比我晚出生十三分钟，这时的他才真像个小弟弟，他哭了，泪水从他脏兮兮的脸上流下来。他哭得肩膀都在颤抖。我手足无措，没办法安慰他，自己也不能陪着他哭。我就只能干巴巴地坐在那儿。

这时雨洒了进来，一开始只是滴滴答答的几滴雨水。

"里奥？"我叫他。

可他还是一直在哭。

"里奥，天下雨了……"我说着去拉他的手臂。

他抬头看了看我，我长这么大还没见过这么难过的眼神。他用手擦了擦泪水和鼻涕。天空打开了闸门，雨滴唤醒了他。里奥抓过火把，冲出了石头裂口，朝着山的方向快步走去。

"快跟上！"他在雨里回头对我喊。

他的声音还是小弟弟稚嫩的声音，我站起来赶紧跟着他。我的腿走得很慢，身体如负重担。我在山上蹒跚地往前走，内心在想，这么多的水，我眼里却哭不出一滴。是不是天空会为那些无法哭泣的人痛哭？也许雨就是那些哭不出来的人的眼泪？

"蒂格里丝，快点！"里奥催促道。

他在稍远处山下的岩架上喊我，我快速跟了上去。我小心翼翼地用肚子贴着石头，慢慢滑下去，石头平平的、湿湿的，有些扎皮肤，里奥站立的岩架上有个洞穴，我们抱成团躲了进去。雨还在下，我们的希望也被浇灭了，我们坐在那儿心事重重的，我给里奥讲述了石化森林里发生的事情。

"你确定她不在那儿吗？"他再次问道。

"百分之百确定。我一直都没看到她。"我回答说。

"哪儿都没有吗？"里奥不甘心地问，他的声音听起来越加稚嫩。

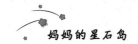

我摇了摇头。

"也许她在躲避暗影？"他怀着一丝希望说。

我能听出来，连他自己也不相信这个理由。不过我还是点了点头，我想他应该能看出我其实是在摇头的。

我们的衣服全都湿透了，冰冷冰冷的，像膏药一样湿答答地贴在身上。

"你的嘴唇变蓝了。"我望着他说。

"你的也是。"里奥说着去拿他的背包。

他拿出一块小毯子，毯子还没淋湿，我们把它围在肩膀上。他又拿出了两个毛绒玩具，每人一个。他拿着那个破旧的玩具狮子，手指摆弄着狮子磨损的尾巴。我抱着他的猞猁，大平原上暴雨如注，我紧紧抱住了这个软乎乎的玩具。外面还是一片漆黑，火把未被雨浇灭，还在燃烧，在洞穴坑坑洼洼的石壁上投下微弱的光芒。

"你的星星，"我说，"它熄灭了！你是怎么知道我去了石化森林的？"

"是手电筒。"他又抱紧了怀中的玩具，"我在樱桃树下睡着了，等我醒来后，看到默山那边有光亮。我又看到自己的星星有颗熄灭了……这时我就知道了。我拼命地往这边跑，可你已经进入了石化森林，我看到里面的亮光了。我大声喊你，正要跟在你后面进去，这时你突然从森林里飞奔而出。"

"暗影没有死。"我遗憾地说。

"嗯，我知道。"里奥说，"我感觉到他在盯着我们。"

里奥说这话的时候我打了个寒战。说完里奥向山下望去。

"星石其实还没有熄灭。"我说，"没有完全死掉，虽然它们不在天上发光了，可它们还活着呢。要是没有它们，我不可能活着跑出来。"

里奥扯了扯嘴角笑了笑，这次笑意没有布满他的眼睛。

"它们还是星星。"他说。

他是这么说的，可语气并不相信的样子。

"我还是你姐姐吗？"我躲在毯子下小声问。

他用胳膊戳了戳我。

"当然是啦。"他笃定地说，"吵个架我们还是姐弟呀。"

里奥又回到了我心里的樱桃树上，坐在树枝上晃荡着双腿。

我们看了看彼此，里奥又忍不住哭了起来。他哭着问妈妈在哪里。我看着弟弟，真希望妈妈没有给我那个木箱，这样他们还在一起好好的，里奥每晚都能平平安安地跟阿里安和妈妈睡在沙滩上，这样暗影就不会出来，星石岛上还闪烁着一千颗星星。可是现在一切都变了。

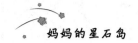

这全是我的错。

后来我一定是睡着了，因为里奥叫醒我时我正半梦半醒的。此时天空停止了哭泣，可我内心还在下雨。我们慢慢地收拾了自己的东西，开始沿着潮湿的山坡往下走，里奥在前我在后。外面还是一片漆黑。山路又冷又滑，我俩都精疲力竭，只是默默地互相搀扶着，慢慢地从默山上走下来。

等我们到达大平原时，杏核颜色的太阳正谨慎地从地平线摸索着升起来。太阳看起来犹疑不定。我想起了另一个世界，那里早餐有苹果汁，那里有爸爸和电影之夜。

"我得回去了。"我说。

里奥点了点头没说什么。我们迈着沉重的步子相互搀扶着走过了大平原，蹒跚地穿过草地，经过樱桃树，踏过河流。大平原上一片绿色的海洋，羊儿们抬头透过绿波望了望，又低下头埋进绿色的波浪之中。估计她们知道，星石岛很快要四分五裂了吧。

我们到达沙滩的时候阿里安还在睡觉，雨水淋湿了她的衣服，篝火在她脚边闪着火星。她一定是在想别的事情，不然怎么会下雨都没吵醒她呢？里奥正要走过去叫醒她，我阻止他说：

"你还是一会儿再告诉她吧，好吗？"

他立刻明白了，没再说话。我们一起把箱子拖到了水中，然后站在水边，彼此对望。我很想说抱歉，可是我造成了这么大的伤口，一句轻飘飘的道歉充其量只能算个小小的创可贴吧。所以我一言未发，只是站在那儿。里奥难过地抱了抱我，有些勉强似的。我也抱了抱他，是发自内心的拥抱。接着我坐进箱子里，他把我推进了水波之中。

篝火旁有什么在动，阿里安醒了，摇摇晃晃地站起来。她身体僵直，好像在沙子里发现了什么。她转过身看着里奥，然后向他直奔过去。

箱子漂得离海岛越来越远。水流平稳地把我带向远方的地平线。这时阿里安看到了我。

"有风在我的梦里回旋！"她对着波浪大喊，"我听到了所有的言语，只差最后一句！群星引路！黑暗退散！只要说出……我不知道下面是什么，不过我们快接近谜底了。蒂格里丝，早点回来！快一点！"

她站在那儿满脸笑容，对着远去的箱子和我大喊。里奥站在她身边，一言不发。等会儿他就会告诉阿里安妈妈不在石化森林里，世界上什么歌曲或言语都救不了她。我们彻底失败了。

我缩进箱底，盖上了箱盖，立刻被黑暗包围。玫瑰花的浓郁香味传来，我又睡了过去。

新兴趣

　　我在木箱里醒来，已经回到了家，衣服被雨淋湿，脚也脏兮兮的，身上估计也是。我站起来爬出箱子，双腿活动有些困难。我把箱子推到书桌下的暗处，感觉到它有千斤重。我的牙齿打战，全身都在发抖，整个人心力交瘁，疲惫不堪。我拖着沉重的身体上了床，累到虚脱，就这么睡着了。

　　爸爸在卧室找到了我，这时我几乎认不出他来了，他的眼睛里充满了悲伤。

　　"蒂格里丝！"他大喊着我的名字，一把把我拉到怀里。

　　一开始我不明白发生了什么事。他抱着我大声说：

"我找到她了！终于找到她了！"

我听到木地板上飞奔而来的脚步声，奶奶立刻跑了过来。她的头发乱蓬蓬的，脸色发白。外面天色已经发亮，奶奶用手捂住了张开的嘴巴。

"她刚刚在床上躺着。"爸爸说着抱紧了我。

"噢，我亲爱的小姑娘！"奶奶喘息着，迈着蹒跚的步伐进来，"你去哪里了呀？怎么还弄湿了呢！这是什么？……我们里里外外找你都找疯了，蒂格里丝！"

"我今天早晨去接你的时候，尼科告诉了我实情。你怎么能撒谎呢。"爸爸责备我说。他的声音听起来又生气又失望，"我再也不允许你这么消失了，蒂格里丝！不允许！"

我从来没见过他这么急切的样子。

"你去哪里了？"爸爸严肃地问，他的眼睛紧盯着我，"回答我，蒂格里丝！"

乌鸦尖利的爪子又在我心里撕扯。我好像刚从一个噩梦中醒来，只不过这个噩梦是真的。妈妈不在了。

"回答我，蒂格里丝！"爸爸用从未有过的声音大声命令我，"我在跟你说话呢，你能不能看着我？看着我，听到了吗？"

我不敢直视爸爸的眼睛。因为我刚刚瞥见妈妈，她穿

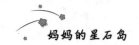

着那件傻气的沾了颜料的衬衫立在我的床头柜上。我这次
差点死掉，里奥的星星也开始熄灭了。星石岛很快就会消
失了。可她却站在那儿笑着？我内心的愤怒在滋长，像一
头怪兽。我的手开始颤抖，我觉得自己越长越大，妈妈越
缩越小。我一个箭步冲过去，拿起那张照片，狠狠地砸向
地板，顷刻间玻璃碎片纷飞。就让她待在地上吧。

　　我摔完照片，手突然定在了那里，周围陷入一片寂静。

　　我蹲在地板上，像婴儿一样双手抱腿身体缩在一起。
现在大家都讨厌我了吧，爸爸、奶奶、尼科、阿里安，还
有妈妈。估计连里奥也讨厌我了，要是他知道暗影的存在
是因为我的缘故，他一定会恨我的。我让所有人失望了，
我应该永远消失，我真希望暗影那时……

　　一只温暖的手放在了我的背上，一开始是试探性的，
有些不知所措的样子。接着那只手抚摸着我的肩膀，手指
张开。这双手以前没有这么抚摸过我，它温暖又冷静，是
爸爸的手。之前倔强的我现在只想依偎在他的怀里，他抱
我坐到他膝盖上，双臂搂着我，爸爸抱过我无数次，可是
从来没有今天这种感觉。这是来自父亲的拥抱。

　　爸爸小心翼翼地用他温暖的手抚摸着我的背，慈爱地
在我耳边轻声说话。

　　"亲爱的，我的蒂格里丝。"他轻声说，"对不起，

对不起我对你发火了。"

这次我接受了他的道歉，这次的道歉是有意义的。

"我太害怕失去你……害怕连你也失去了。"爸爸深情地说。

他轻轻地把我前额的头发拢到耳后，这次他嘴巴里没有未刷牙的味道。他身上散发着父亲的气息。身后的脚步声渐渐消失，归于沉寂。卧室门被静静地关上了。这个小宇宙里只有我和爸爸两个人。

"哭吧，亲爱的。"爸爸说。

我依偎在他胸前摇了摇头。我哭不出来，我是一只老虎，老虎是不会哭的。

"莱拉十分热爱诗歌，她最喜欢的一个诗人在风里寻找言语，写了一首诗叫作《无尽海》。那首诗说，如果你感到悲伤却哭不出来，那就是内心在哭泣。蒂格里丝，我觉得你内心哭过太多次了，眼泪已经流成了一片海。"

他小心翼翼地抚摸我的老虎斑纹，就是那条伤疤。

"不论你走到哪里，都会背负着无尽海，独自一人。"爸爸说，"我最爱的，最爱的蒂格里丝。"

最后一句话他是悄悄地说的，我没有回应。只是把头深深埋进了他的运动衫里。爸爸的手臂环绕着我的背，轻轻地来回摇晃，难过的我觉得既平静又安心，眼前浮现出

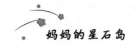

星石岛上四分五裂的一切。

傍晚时候外面有人敲门，我正裹着毯子躺在客厅的沙发上，脚上穿着爸爸的旧羊毛袜子。羊毛袜很暖和，可我还是冻得受不了。我的脏衣服正在洗衣机里洗，衣服全都湿透了，沾满了泥点。爸爸劝我去洗个澡，他做了三明治，泡了热巧克力。他是主动去做的，不是我要求的。我的杯子里浮着四颗棉花糖，他的杯子里有两颗。门铃再次响起，爸爸站起来去开门。他跟门外的人悄悄地说了些什么，声音很亲切，然后他坐回我身边，用手臂搂住我的肩膀。

爸爸已经把我房间的碎玻璃打扫干净了，还用吸尘器清理了一番。妈妈的照片已经不在了，不过没关系。她已经走了，这是事实，我现在还不想再看到她。

现在我有了新的兴趣爱好。我吃掉了三明治，喝完了热巧克力，坐在那儿一直盯着鱼缸，气泵喷出来一个个气泡，不断地向水面升腾。鱼缸里有颗石头，是灰色的，毫无生机。这一幕我能坐在那儿看一辈子。

第二天早晨我在沙发上醒来，看到两杯热气腾腾的巧克力在咖啡桌上等我。一杯里面有四颗棉花糖，一杯有两颗。杯子旁边有两个三明治。爸爸坐在我旁边，想跟我聊聊天，他说尼科再次来家里了什么的，不过我心不在焉没有听。我吃着三明治，喝着热巧克力，只顾凝视着鱼缸。

我觉得自己像在一个气泡里，那个气泡在往上升腾，很快就到了水面，马上就要炸开，然后消失了。不过我所在的水域不是眼前的鱼缸里的水，而是漆黑色的水。

我凝望着鱼缸，幻想身处黑色的水里，一天就这么过去了。我一整天都枯坐在鱼缸前面，看着气泡和石头，眼里空洞洞的。

爸爸过来坐在我旁边，他安静了一会儿，盯着石头看。之后他说：

"也许我们应该买些金鱼？"

"为什么呢？"我漫不经心地问道，"我们有了气泡了。"

他抱起我放到他膝盖上，用手臂搂着我，那是属于父亲的亲切又令人安心的臂膀。

几个小时过去了，门外又有人在敲门，我没去开，因为我正忙着，忙着看鱼缸、看石头、看这些气泡。爸爸去开了门。我听到他在跟人讲话，不过声音离我很远，好像他们在水下说话一样。

"尼科刚才又来了。"爸爸进来时坐在我旁边说，"他想知道你怎么样了。"

"挺好的。"我回答说，眼睛还是片刻不离开鱼缸。

爸爸从新家附近的店买了比萨，奶奶又开车去我们以

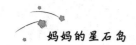
前住的地方买了些比萨带回来。不过是比萨而已，两种都不是特别好吃。奶奶提议说拿我的新电脑一起看猫咪视频，我不想看。她又跟我讲起在报纸上看到的趣事，我也没笑。她还是抚摸着我的头发坚持讲完了。每天早晨我醒来的时候，早餐已经摆上了桌，爸爸和奶奶又找到了一些我们可以一起做的好玩的事情，可我没兴趣。我什么都不想做。妈妈的照片再也没出现在床头柜上。

　　我在鱼缸前坐了整整三天，爸爸终于受不了了。

　　"我们现在去买鱼。"他坚定地说。

　　我还没机会反对，他已经站起来在门厅那里等我了。这次他穿了牛仔裤，是牛仔裤！这太出乎我意料了，我简直不知道要说什么。于是我就跟他去了。

纱罗尾金鱼

　　"这种叫纱罗尾金鱼。"宠物店里带文身的店员说，"有些人就统称叫金鱼，不过我觉得纱罗尾听起来更美，你们说是不是？"

　　爸爸表示了认可。我没说什么，手指在冰凉的鱼缸里跟着金鱼一路划过去。这种鱼鱼鳍如面纱一样轻薄透明，颜色有红、橘和金三色，在水里闪着微光。

　　"鱼儿每天要喂三次，每次只要喂一点鱼食就够了。"店员介绍说。

　　"就跟人一样咯。"爸爸接过话说，"我们应该能办得到，是吧，蒂格里丝？"

　　"嗯。"我头也没抬地回答道。

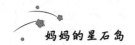

"你喜欢这种吗？"爸爸在征求我的意见。

"还行吧。"我回答道，我的眼睛还在鱼缸里的鱼上。

"那它们今天就要跟我们回家咯。"爸爸说。

我选了三条纱罗尾金鱼，挑的是其中发光最亮的，因为它们让我想起星石岛。在回家的地铁上，爸爸问我要给金鱼取什么名字。

"我不知道。"我头靠着冰冷的车窗说。

我们回到家，我一头扎进了卧室。

"我现在能关门了吗？"我的手放在门把上，等着他许可，"我就只想自己待会儿。"

我垂下头看着地板。

"没关系。"爸爸说，可他的声音听起来有些担忧。

于是我关上了门。能自己待一会儿真是太舒服了。妈妈的照片放回来了，相框上的镜面换成了新的。我拿起来仔细端详，看不到一丝破裂的痕迹。我的指尖掠过她的嘴巴，还有她脸上和眼睛里若隐若现的笑容。

"对不起。"我轻声对她说。

我内心无比羞愧。妈妈不见了，星石岛要消失了，这又不是她的错。我拿起相框拥抱着她，假装相框的棱角是她的肩膀。

"我要把鱼放到鱼缸里了，你要来看吗？"爸爸在客厅喊道。

我闭上眼睛，假装妈妈卷曲的头发轻轻拂过我的脸颊，假装闻到她身上好闻的玫瑰花香。

"蒂格里丝？"爸爸催促道。

"好的。"我应道，"马上就来。"

我的手指拂过妈妈的秀发，小心地把她放回到床头柜上。

宠物店用塑料袋灌了水来装纱罗尾鱼，它们就在里头游来游去。爸爸一回来就用胶带把袋子挂在鱼缸里面，这样金鱼就能渐渐适应它们的新家了。

"你知道的吧。"爸爸表现出开心的样子说，"鱼跟人一样，都需要先适应下环境，而不是一上来就把自己丢到一个陌生的地方去。"

他小心地撕下胶带，把塑料袋倾倒在鱼缸里。纱罗尾鱼游到了鱼缸中间，一边四处观察，一边舞动着红色、橘色和金色的闪闪发光的面纱。爸爸丢了几个去了壳儿的青豆进去，是宠物店的那个女孩儿送的。鱼儿们看起来很喜欢这些青豆，我却不喜欢。我们正站在那儿帮鱼儿们安家，门外的信箱传来咔嗒的声响，一个白色的信封缓缓落在门口的脚垫上。我听到脚步声上楼，就跑到门边捡起了信封，上面没有邮票也没有地址。只是以黑色的笔迹写着"蒂格

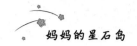

里丝收"，我不认识这是谁的字迹。

"谁的信？"爸爸问。

"我的。"我回答道，内心充满疑惑。

我拿着信进了自己的房间，关上了身后的门，坐在床上搂着小恶魔。我划开信封，上面写着："那天早晨你爸爸想给我们一个惊喜，做了热巧克力端过来。我试着帮你圆谎了，可他不相信我。他没有发火，就是看起来很害怕。我感觉糟糕透了，因为我也跟着害怕了。所以我就一五一十地跟他讲了我们做假证明的计划，我当时别无选择。你去哪里了呢？你说要做的那件重要的事情怎么样了？你以后还想跟我一起玩吗？"

信是尼科写的。他在末尾署了自己的名字，还画了个笑脸。我坐在那儿看了一会儿，然后躺下来抱着小恶魔。她蓬松柔软的尾巴让我想起里奥。我走的时候，他站在沙滩上眺望着，个子小小的，满脸难过，身边站着兴奋地大喊的阿里安。她说她又找到了几个词语。群星引路，黑暗退散，只要说出……是啊，只要说出什么呢？不过不重要了，我至今不信这首歌能救得了妈妈。

这时我的目光落到了妈妈的照片上。我翻过身从床头柜上拿起照片，看着她幸福的脸庞。妈妈说，大人就应该照顾好小孩。要是知道我抛弃了里奥，她还会这么幸福地笑吗？暗影残忍地熄灭了他的星石，我还把他抛在沙滩上，没给他任何希望。

我还有爸爸和奶奶关爱我，也许还有尼科，我看着那封信这么想。可里奥只有羊群和阿里安陪伴。我把小恶魔搂得更紧了。一瞬间我如梦初醒，里奥还有人可依靠。

他还有一个姐姐！

我把照片放回床头柜上，内心已经打定了主意。我要再次返回星石岛，找到妈妈。

我跑过去拿了纸张和生日礼物的那支笔，我要给尼科写封回信。我跟他说很抱歉，事情发展得这么糟糕，我想做的事情还没完成。我拿起稿纸上的笔，沉思了一会儿，接着写，我告诉他我要先做一件事，"之后我想见见你，只要你不讨厌我，求你了，请不要讨厌我。蒂格里丝。"

我把信塞到了他家的信箱里，几个小时后我就收到了回信，"我一点也不讨厌你！一丝一毫都没有。"尼科回复道，"谁会讨厌一个喜欢猫咪视频的人呢？我也希望之后能再见到你。再联系，还有，嗨……祝你好运！"尼科在回信上还画了几颗星星。我抚摸着这些星星，在想怎么才能回到星石岛。我要怎么瞒过爸爸和奶奶呢？我至今还没告诉他们我失踪时去了哪里。爸爸不再追问我了，不过有时候他会深沉地看着我，很久很久，一句话也不说，好

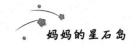

像在我的眼中寻找答案似的。我真的不想撒谎了，我厌倦了谎言。我们这个家的谎言已经太多了。躺在床上盯着空荡荡的屋顶，我想啊想，想啊想。一定会有其他办法的。这时突然有个主意冒了出来。

我可以告诉他们真相啊。

要么，差不多的真相也行吧。

爸爸正枯坐在沙发上凝视着鱼缸。现在鱼缸不显得冷清了，里面有三只金鱼游来游去。他的手指放在玻璃上，跟着一只金鱼的足迹划来划去。鱼儿圆圆的嘴巴里冒出一串串气泡，气泡一路游荡到水面，砰的一声碎掉。本来看金鱼飘舞的面纱挺让我放松的，不过现在我有些不安。

"很美吧，是不是？"爸爸说着，眼睛也没离开鱼缸。

"是呀。"我一边应着，一边小心地坐到沙发上。

爸爸向后靠了靠，用臂弯圈住了我，然后他稍稍清了清嗓子说：

"明天奶奶和我要把剩下的箱子拆开整理下，我们是时候接受这个房子了。这儿是我们的家了，你和我的家。我想你也适应了一点，就像这些纱罗尾鱼，是不是？"

我没有回答，爸爸的目光从鱼缸转向了我。

"你有什么想法吗？"他望着我说。

"我明天想自己待着。"我要求道，"你俩收拾吧，我不参与了。"

"那你想做什么呢？"爸爸问。

"我明天一整天想在自己房间里独自待着，你们别开我卧室门，到了晚上我就出来。"

"可是……你要做什么呢？"爸爸问道。

"这是个秘密，不过这事至关重要。如果不做的话，我永远都不会开心了，永远。"

我正视着爸爸的眼睛说。

"哇噢。"爸爸感叹道，"听起来是很严肃的事情了，你能跟我讲讲吗？"

"不行。"

"我不知道，蒂格里丝……你已经毫无缘由地消失过，奶奶和我都很担心你。上次你失踪了一整夜呢。"

"我不会消失的！"我坚定地说，"我保证我不会溜出这扇门去。"

"可是……"

"我希望我们之间能坦诚些。"我说，"所以我就直接跟你说了。我保证一整天都不打开卧室门。"

听到我说"坦诚"，爸爸蹙了下眉头。

"我猜你也有不想告诉别人的秘密吧？"

爸爸低头看着沙发。

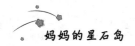

"是有，不过……"

"所以你也有秘密，不想让我知道？"

"呃，我想告诉你，只是……"

"所以，你看吧。"我无奈地说。

"这不一样。"爸爸据理力争道，"我是个大人。"

"求你了。"我恳求道。

爸爸沉默了下来，看来是在考虑我的提议。

"那你向我保证，不做危险的事情？"爸爸说。

"我保证！"我干脆利落地应了下来。

爸爸又沉默了许久，他挠了挠下巴，眼睛还在盯着纱罗尾鱼。过了一会儿，他长长地吐了一口气，对我说：

"那好吧，我就信任你。不过明天我们要一起吃早餐。你要给自己准备个午餐包，带到自己的房间去。不要让我担心你了，蒂格里丝。"

"不会的。"我保证道，"我傍晚的时候就从房间里出来。"

"还有一件事。你要把你准备做的事情告诉给一个人，你想跟尼科说也行，不过必须要有个人知道你在做什么。你能做到这个吗？"

"我保证。"我坚定地说，"你说的我保证都做到！"

那天晚上我们说过晚安，爸爸就回自己房间看书去了，我又在客厅沙发上坐了一会儿，看纱罗尾金鱼。我轻轻地敲击着鱼缸，它们仨都没理我。我也不知道为什么，坐在那儿哼起了妈妈的歌。

"群星引路，黑暗退散，只要说出，唔唔……唔唔，群星引路，黑暗退散，只要说出，唔唔……"

这时奇怪的事情发生了。鱼缸里的纱罗尾鱼开始朝着石头游过去，一次又一次地把扁扁的鼻子往石头上靠，面纱一样的鱼鳍在水里打着旋儿。我接着唱下去，更奇怪的事情发生了。

"群星引路，黑暗退散，只要说出，唔唔……"

鱼缸底部有个东西开始发出微弱的光，就是那块石头，你猜怎么着？那不是块普普通通的灰色石头，从来都不是。

那是颗星石。

那块石头

　　我几乎不能呼吸了，觉得自己的整个世界天翻地覆。我站在那儿，呆呆地看着星石在鱼缸里闪着微光。群星引路，黑暗退散，只要说出，唔唔……难道是它？这首歌一定跟星石有关，这个想法让我兴奋了起来。金鱼不再用鼻子去顶石头了，现在它们就像普通的鱼儿一样游来游去。我把手伸到鱼缸里，正要把石头捞出来，这时……

　　"蒂格里丝，你在干吗？"爸爸在房间里喊道。

　　"没什么！我，我在……搅一下鱼缸里的水。"我说着手不自然地在水里移动，"我呃，我在网上看到鱼缸里的水要经常搅动一下的。"

　　"真的吗？"爸爸问道，"那好吧，要是这样的话，就稍微搅下吧，好吗？你马上就去睡觉了，是吧？"

我的手还在鱼缸里没拿出来。

"嗯哼，一会儿就去。"我说着一把抓住了星石。

抓到石头的一瞬间，我的手有刺痛感。这种感觉沿着胳膊传遍了全身，星石的光芒洒在我身上，我觉得既温暖又安详。我小心翼翼地把它拿出了鱼缸，它躺在我的手上，湿漉漉的，发着微光。令黑暗消失的不是那首歌，是这块石头！这块石头能救妈妈。我不知道怎么救，不过明天我会去弄清楚。明天我就带着这块石头一起去星石岛。

睡觉前我还有一件事要做。

我迅速溜进房间，找到了一张纸和一支笔，我把石头放在我大腿上，感觉棒极了，是时候做个了结了。我迅速写下了几句话，信一写完我就冲着爸爸喊道：

"我有个东西要给尼科！"

爸爸还没来得及表示反对，我就已经穿上了羊毛袜，溜出了公寓。星石就在我怀里抱着，我一刻都不想离开它。我蹑手蹑脚地快速上楼，小心地把信塞进邮箱的缝隙，邮箱发出嘎吱的声音。我内心七上八下的，放完信立刻往楼下跑。他很快就会读到我的信了，他很快就知道我的秘密了。我写下的字句在脑海里回荡着：

"明天我要去做件重要的事，我跟爸爸保证了我会告

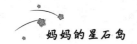

诉一个人是什么事，所以我现在告诉你。我要去阻止暗影，我要去拯救我妈妈。我要回到星石岛了。"

我离开老虎岛的时候是早晨，可等我在箱子里醒来，拿掉箱盖，却发现星石岛上还是黑夜。前方的沙滩上有火光闪耀，月亮在天上无精打采地发着光。我抬头看了看里奥的星座，心里一阵剧痛，他只剩下四颗星了。我应该早点来的，我应该……

"蒂格里丝。"里奥喊道。

看到他从沙滩向我跑了过来，我又怀念起这个同胞弟弟轻轻戳我胳膊的情景。篝火旁有什么东西在动，是阿里安，她刚醒来，正打着哈欠伸展胳膊。我一步步接近岛屿，木箱随着水流方向一路摇晃着。

"你是和光亮一起来的！"阿里安大喊着指向我背后。

我转过头望向大海，太阳正蹒跚地从细细的地平线上升起，已经走到了水波上方。

背包里的星石暖暖的，我睡前把它放在了枕头边上，还唱歌给它听了。这是我这么多年睡过的最香甜的一觉。我等不及要给他们看了！里奥和阿里安正站在沙滩上等我呢。我在箱子里准备好了出来。里奥跑进水里迎接我，每走一步海水都哗啦作响。他看起来可高兴了，之后木箱触底靠岸，我立刻爬了出来，跳进里奥的怀抱。他身上闻起来有羊群和篝火的味道，是我弟弟的味道。

"对不起。"我对他说，"对不起我丢下你跑了！"

"没什么可道歉的。"他大度地说，又抱了抱我。

笑容在他的脸上蔓延，他的眼睛亮晶晶的。

"你终于又来了！"里奥兴高采烈地说。

"我一直担心你呢。"阿里安说，"你再也不许去石化森林了！"

她抱了我很久很久。里奥把箱子拖到了岸边，我俩跟在他后面。

"我们有新消息了。"阿里安迫不及待地说。

我顿时紧张了起来。

"我也是。"我说着卸下了背包。

"发生了一些事。"里奥接着说，"昨天那边的岬角有个奇怪的东西微微发亮。"

他指向默山山脚下凸出的圆形岬角说。

"还有那首歌！"阿里安补充道，"我不知道为什么，不过这首歌让整片天空……"

她还没来得及说下去，一直在看着岬角的里奥就突然打断了她，大喊道：

"又出现了！亮光又回来了！"

阿里安迅速朝岩石跑过去，里奥和我跟在她后面。她

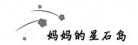

麻利地爬上大岩石，远远地望着那块岬角。星石所在石窟的黑色石头门依旧是紧闭的。我正要把星石从背包里拿出来给他俩看，阿里安突然面色凝重，麻雀一样的小眼睛注意到了什么东西。

"那边有人！"她警惕地说。

果然是有人。

我的背包慢慢从手上滑了下来，那块岬角上竟然有条蜿蜒的小路，我以前从没注意过。有一个，两个……不对，三个穿着金色衣服的女人正在上面走着。她们的衣袖被风吹得飘了起来，像火一样迸发出火花。我屏住呼吸，我已经知道她们是谁了。

"三姐妹！"里奥大喊道，"她们来了！"

他刚刚说完，一眨眼三个人就消失了，就跟她们出现时一样突然。

"她们去哪里了？"我问道。

我们的目光四处搜寻，不过那条路上空无一人。三姐妹不见了！好像瞬间被山吞没了一样。

"你们也看到了，对不对？"我再次确认道，"刚刚她们还在这儿的，是吧？"

阿里安拿起里拉琴背在身上，把琴束得紧紧的。

"我们过去看一下吧。"她说着从石头上跳了下来。

接着她就跑起来了，就像一个运动健将。我们三人一路沿着海滩飞速前进，阿里安在前，我紧随其后，里奥在最后面。豆大的汗珠从我背上流了下来，难闻的汗味儿混合着海草和海水的咸味。里拉琴在阿里安的背上发出闷响，像是鼓点一样。这时我突然想起来——我的背包！我正要跑回去拿，里奥经过我旁边，大喊道：

"你干吗呢？快点跑啊！"

星石可以晚点再看，三姐妹可不等人。于是我就跟着他们跑，每跑一步都感觉温暖的沙子在脚下四散开来。正当我们拐到岬角时，阿里安突然停了下来，里拉琴由于惯性猛地弹到她的背上。

"水里有什么东西！就在石头那边！"她大声说。

我顺着她手指的方向望去，远处是我第一次来所见到的那块海洋中间的巨石，水里有个发光的东西正向巨石游过去。这让我想起了我家的鱼缸和纱罗尾鱼，金色的、红色的，还有橘色的金鱼。于是我停止了思索，立刻向前跑去。

三姐妹

　　我沿着海滩飞奔起来，到海湾处直接跳进了水里。里奥在背后喊我，不过他的话被风卷走了。我也不知道怎么会有这种想法，三姐妹在我看来就如同纱罗尾鱼。我们必须跟上她们。

　　接近石头的那团微光是三姐妹中的老大，海洋里离石头再远一点还有一团移动的亮光，那是二姐。

　　三妹匆匆忙忙踏入海洋的时候，我已经在海湾深处了。她蹚水而过，动作干脆有力，海浪四处飞溅。她看起来瘦瘦的，身材娇小，年纪至少有奶奶两倍大。她的衣服在风里翻飞，看起来像是一条随时会飞升的龙。可她没有，她跳进波浪中开始游泳。她的衣服在水里翻腾，如同纱罗尾鱼平滑的鱼鳍。她游起来毫不费力，就像在随着波浪跳舞。

我跟着她跳进水中，大海稳稳地接住了我。可是我一开始游，水流就变了方向，不再是流向地平线，而是流向岸边。海浪拍打着我的脸，我还喝了几口冰冷的海水，咸咸的海水刺得我眼睛生疼。我眨巴着双眼，边游边大口换气。紧接着我听到了身后海水飞溅的声音，他俩也跳下了水。我看到了那块巨石就在我们前面，还有金色的衣服在闪着光。一只手伸出了水面，大姐抓住了巨石，从水里爬了上去。那是一块巨大无比的弧形石头，四面十分陡峭，不过大姐轻松地顺着滑溜溜的石面爬了上去。她一路爬到了最高处，站在那里双脚叉开。这时她手搭在额头上看到了远处的我们三人。

"游回去！"她大喊道，声音回荡在海面上。

游回去！游回去！

"决不！"我倔强地喊回去。

我的腿被海草缠住了，看来它想把我拖到海底去。我拼命地踢开它，拼命地往外甩，终于摆脱了。现在我游到深水区了，我的脚接触不到海底了，没有什么漂浮的东西可供我抓握，要是我沉下去，就会溺水淹死了。这时又一波海浪朝我涌来，我屏住了呼吸。里奥就在我后面，我能听到他的呼吸声。

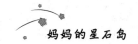

这时又有一只手伸出水面，扒住了巨石，是二姐到了。她扒住岩石上凸出的部分一跃而上，然后爬到了巨石顶上，跟她的姐姐并肩站在一起。

"快回去！"二姐对着我们喊道。

快回去！快回去！

"决不！"我和里奥不约而同地大声回复。

海水灌进了我的嘴巴，我咳嗽着吞了几口水，还有一点想吐。大海一望无际，波澜壮阔，身在其中的我们就像针尖儿大的小鱼。

离巨石越近海浪越大，我们一路奋力向前划水。三个人都没有救生衣，大海深不可测，海底幽深黑暗，一定还隐藏着无数可怕的生物，张牙舞爪，脊骨尖利的那种。恐慌感瞬时席卷了我全身。

"继续向前啊！"阿里安在我们身后打气，"继续往巨石那儿游啊！"

阿里安的声音有种安定人心的力量。我强迫自己接着游，目光锁定巨石，全力以赴向前进发。

接着三妹从海水中伸出了手，眨眼之间她已经在巨石上了，双腿分开，站在她的姐姐们旁边。她们浓密的头发色泽如大海的泡沫，衣服和头发全都湿透了，还在风中翻飞着发出哗哗的声响。她们的衣服闪着金色、红色和橘色的微光，三姐妹果然是名副其实的太阳的后代。

三妹向前迈了一大步。

"快游回去！"她冲我们大喊。

快游回去！快游回去！

"决不！"里奥、阿里安和我齐声大喊。

大海波涛汹涌，海浪越翻越高。三姐妹手挽着手组成了一道人墙。看起来她们是要保护什么东西。波浪不断朝我扑过来，溅起一堆堆泡沫，我还是坚持不懈地游哇游，游哇游。前路困难重重，我还是一路向前。我一定要追过去搞清楚。

我到达巨石旁的时候，里奥也到了。狂涛巨浪还在翻涌。巨石下面海草丛生，随着水流在水下舞蹈。我抓住了崎岖不平的石头，它表面有些光溜溜的，我一下子手滑了。里奥也抓到了石头，撑着从水中一跃而起。他在上面向我伸出手，我紧紧抓住，力气之大几乎要捏碎他的手。最后我终于爬到了他旁边的岩礁上。

阿里安力气更大一些，她自己攀着石头腾空而起，这时她经过我和里奥，背着里拉琴开始往滑溜溜的巨石上攀爬。她手脚并用摸索着岩石的凸起处和缝隙落脚，我俩在后面跟着她。我的身体几乎承受不住，胳膊麻木到没有知觉了，双腿也疼得死去活来。阿里安终于到了三姐妹所站

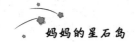

立的那块凸出的石头。

"让我们过去。"她要求道。

三姐妹坚定地摇了摇头。

"回去吧！"大姐轻蔑地说。

"回去是最好的出路。"二姐开口劝道。

"反正你们也做不了什么。"三妹如是说，她明显地撇了撇嘴。

大姐和二姐生气地瞪了下三妹，后者就低下头看石头了。

"回去吧。"大姐再次轻蔑地说。

她的眼睛黝黑，像是藏着什么秘密。这时疲惫感向我袭来，我的双腿像果冻一样颤颤巍巍的，就在我快要跌入无尽海的时候，一只手抓住了我的胳膊，我在空中悬荡着，在生死之间徘徊。愤怒的波浪在下面翻涌，大海拍打着岩石，涌起一层层泡沫。

"别动！"阿里安朝我大喊。

阿里安的力气比我想象中的大多了。我吊在那儿一动不动，像是死了一样，我不敢呼吸，身下贪婪的大海翻腾咆哮，就算海浪没把我打晕，海里的怪兽也会弄死我的。

"这就是对抗大海的下场。"二姐威胁说。

"回去吧。"三妹劝道。

"决不。"阿里安倔强地回答，说着慢慢地发力把我拉回到巨石上。

我重重地瘫倒在她的脚边，大口地呼吸着，试着动动手臂，感受脚下是实地而不是咆哮的大海的感觉，感受活着的感觉。我的身体一直在发抖，里奥悄悄靠过来，用手臂搂着我，让我靠着他的肩膀休息。

"让我们过去。"我气喘吁吁地说，"你们必须要让开！"

三姐妹还是坚定地摇头。

阿里安瞪着她们，突然间眼睛一亮，她笃定地从背上解下里拉琴，在三姐妹脚边的石头旁坐下。她闭上眼睛，手指拂过了第一根弦，接着第一个音符从大海上升起，闻所未闻的事情发生了。

大块大块的乌云不知从何处而来，它们在天空中飞舞追逐，像是天空发怒了，展示它的威严。

阿里安深沉地唱道：

"群星引路……"

大风撕扯着她的头发。

"黑暗退散……"

头发飞舞着像是银色的水草。

"只要说出……"

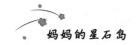
海洋深深地、深深地呼吸了口气。

"唔唔……"

这时我突然灵光乍现:

"星石!"我大声喊道,"只要说出了星石!"

海浪不留余力地撞击着巨石,咸咸的海水像是温和的雨幕瀑布向我们涌来。阿里安的声音减弱下来,乌云渐渐飞散,消失得无影无踪。天空又变回纯净的湛蓝,像是什么都没发生过。阿里安缓缓睁开了眼睛。她把琴又背在了身上,坚定地站起来,然后她直视着三姐妹的眼睛。

"让我们过去。"她说。

三姐妹互相对视了一眼。

大姐摇了摇头。

二姐抱臂而立。

三妹闭上了眼睛。

这时太阳发生了变化,放射出强烈的光线,不过不是平日里的那种光。光线聚焦在巨石后面一个特定的点,就在三姐妹组成的人墙后面。这时我明白了,太阳不只是在放射光线,它在专门照亮什么东西。

"也许听起来难以理解……"大姐说。

"……不过我们这也是为了保护你们。"二姐接着说。

阿里安向前走了一步,直直地站在那儿。

"让我们过去。"她不容置疑地命令道，声音像从风里传来。

三姐妹又对望了一眼，然后退到了一旁。在太阳的照射下，我们看到她静坐在那里。肆意生长、自由奔放，超凡脱俗。这是我的妈妈！

可我的妈妈变成了石头。

冷硬的雕像

　　我忍不住大叫起来，里奥也是。我们像狮子和老虎一样大吼，直接冲了过去，触摸着妈妈坚硬冰冷的脖子。不论我们怎么大喊大叫，贴近她，她都没有反应。她就在那里，保持着跪坐的姿势，光着脚，表情严肃。我抓住她冰冷的手放到我温暖的手心里，她依旧没有醒来！我觉得自己坠入了无边的黑暗。

　　阿里安也在一旁跪坐下来。

　　"莱拉。"她轻声喊着，用手抚摸妈妈的脸庞。

　　里奥抱住妈妈，抚摸着她的长发，冰冷的、石化了的头发。

　　"天上还有……还有星星。"阿里安安慰我们说。

可她眼里古灵精怪的麻雀消失了。里奥看到这一幕，陷入了彻头彻尾的沉默。他有气无力地倒在妈妈旁边，坐在那儿，盯着她石质的脸。泪水从他的脸上悄然滑落，他一动不动地盯着妈妈，像是自己也变成了石头。阿里安把我们拉到她的怀里，用手臂搂着我俩，像是母鸟把幼鸟搂到自己的翅膀下。可我们不是她的幼儿，我们是妈妈的孩子。我不愿就此放开妈妈，我用力地抱着她石化的手，身体硌得快要碎掉。

大姐清了清嗓子说：

"我们是在石化森林里发现的她。"

"我们立刻冲了过去。"二姐接着说。

"你在杏核界线那儿喊叫求助时我们就赶去了。"三妹看着里奥说。

三姐妹身上有什么变了，她们的声音不再冰冷无情，听起来简直是温和善良了。

"她就是在这儿发现了里拉琴，创造了星石岛。"二姐望着妈妈说，"我们想着巨石应该能唤醒她，就像她用音乐从海上唤醒整个岛屿一样。"

"我们不想让你看到她这个样子。"三妹说，"我们想先把她救过来。"

"那你们救哇！"里奥哭喊着，"她现在就在这儿呢，

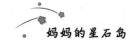

你们倒是救哇！"

他的眼泪流下来跟鼻涕混合在一起，哭得声嘶力竭：

"那你们救她呀……"这时阿里安把他搂得更紧了。

我望着妈妈的眼睛，她没有回望我，我看着她的嘴唇，她没有说任何话，我看着她的耳朵，她也没有在倾听，我看着让我魂牵梦绕的妈妈，我一直心心念念想见到她，我想当面喊她妈妈，听她喊我蒂格里丝。别的小孩喊妈妈都会有回应，可我从来没有机会喊过我妈妈。

"没有用的。"大姐看着我说。

"我们仨是太阳的女儿，如果有人能帮到她的话，那就是我们了。"二姐说。

"我们试着用了从春泉取来的水。"三妹说，"那儿水的清莹澄澈，能洗去黑夜。"

"我们试着念了治愈性的咒语，还为她做了祝祷。"大姐说，"我们活了几千上万年，通晓各种各样的咒语和祈祷文。"

"可能有些人就是救不了了吧。"二姐说着难过地望着妈妈。

"她当然还有救！"我跳起脚来大声抗议，"她就在我们面前，你们怎么能这么说！"

我抱住了妈妈，把自己温暖的前额贴到她冰冷的额头上，我的手抚摸着她的头发，她随时随地随风飘舞的长发，现在就定格在石化了的肩膀上。我贴近她小声说：

"妈妈……"我轻声说，"我来了，妈妈，你能听见我说话吗？你一定要醒过来，我现在在你身边了！"

妈妈还是坐在那儿一动不动，我的耳朵感受到了一阵哀鸣。我想起了很久很久以前，下了冬天的第一场雪，一辆车打滑了，车胎发出刺耳的嚎叫，一辆卡车不停地按着喇叭。我听到人群尖叫的声音，然后是撞车声，这次事故带走了我所有的光亮，让我的生活陷入黑暗的无底洞。我听到有人大声呼叫，声音充满悲伤，那是我听到的最难受的呼喊声。我内心有什么东西涨满破碎了，眼睛里有温暖的液体流了出来。哀鸣声久久不散。这时里奥搂住了我的肩膀，我看着他的眼睛。

"哭吧，没事的。"我的弟弟说。

积压的委屈喷涌而出，我放声大哭起来，我有太多要哭的事情了，我哭爸爸总是郁郁寡欢，我哭自己从没真正开心过，我哭自己没有任何朋友，我哭失去了妈妈，我哭失去了里奥，我哭自己以前连哭都办不到，我哭自己小声喊"妈妈"，她却没有回应，我哭妈妈变成了石头，只是冷冰冰的石头，我哭……

"她的手！"里奥轻声说，"快看妈妈的手！"

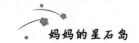

　　我停止了哭泣，望着妈妈。我的一滴眼泪落到了她的手上，像一颗透明的珍珠。眼泪滴下之处，石头开始破裂。

　　刚开始裂开一条细细的缝，接着缝隙像蜘蛛网一样延伸到她整个手掌。眼泪滑落到裂缝里，石头发出噼里啪啦的声响。裂缝越来越大，越来越长，越来越多的裂缝像蜘蛛网延伸到她的手臂上，一块石头从她的肩膀落下，扑通一声掉进了水里。石头的碎片像小鸟一样腾空而起，旋转着落入大海。

　　妈妈身上的石头加速裂开，裂缝延伸到她的喉咙、她的脸颊、她的前额。一块又一块的碎片落入大海，噼里啪啦的声音如同滂沱大雨。我不自觉地双手交握放在胸前，坚硬的碎石片弹到了我身上。之后周围寂静无声，我慢慢放下手臂，看到了眼前的奇迹。

　　石片散落一地，妈妈睁开了眼睛。

妈妈

　　"你俩竟然在这儿！"妈妈惊喜地喊着，向我们伸出了双手，"我的小狮子，我的小老虎！"

　　我们奔向妈妈的怀抱。她紧紧地抱着我们来回摇晃。我在她耳边轻声叫妈妈，她也小声叫我蒂格里丝。我大哭起来，把头埋进她肆意生长、自由奔放的长发里。她身上有玫瑰、大海和欢笑的味道。她身上有妈妈的味道。我简直难以置信，我现在跟妈妈在一起！

　　阿里安也跑过来抱住我们。我们拥抱着，哭得稀里哗啦，妈妈回来了。这个大大的拥抱我永远不想松开。妈妈用手抚摸着我的头发说：

　　"我简直不敢相信你来了，蒂格里丝，没想到我们终

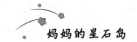

于团聚了。"她把我们抱得更紧，激动地说，"我的小狮子，我的小老虎，我的阿里安。要是现在……"她踌躇了下，"要是麦洛也在这里就好了。"

我埋头在她温柔的长发里哭泣，接着说：

"是啊，爸爸应该在的。还有奶奶！"

"嗯，还有奶奶。"妈妈说着把我们搂得更紧了。

有人在我们身后重重地清了清嗓子，是三姐妹。我们放开了彼此，我的手空空荡荡的，于是我再次握住了妈妈的手。妈妈的手温柔又有力，跟世界上其他人的手都不一样。这是我妈妈的手，我永远都不要再放开。妈妈用自己的披肩拭了拭眼泪。

"你们三位。"妈妈转向她们感激地说，"你们三位，你们把我救出了石化森林，我要怎么才能感谢你们呢？我甚至还不知道你们的名字！"

"我们从不透露姓名！"大姐带着笑意说，"你一旦知道我们的名字，就会想着我们，接着就会谈论我们。过不了多久你就会召唤我们了！那样我们就永不得清净了。"

我们还没来得及回应，只听哗啦一声，大姐跳进了水中。我们惊奇地看着其他两位紧跟着她跳入海里，消失在水面上。

"那暗影怎么办呢？"里奥在她们背后喊，"你们一定要帮忙阻止暗影！"

　　不论他怎么喊，三姐妹都没有回应。水波向岸边涌去。一片蔚蓝之中，身着金色衣服的三姐妹缓缓游过，就像纱罗尾鱼。

　　"别担心，宝贝。"妈妈安慰说，"我们等会儿再谈这个。我亲爱的……"

　　妈妈深情地看着我、里奥，还有阿里安。我发誓，如果太阳能说话，它的声音一定像妈妈这样。她的声音又温柔又有力，在我内心点燃了一盏灯，光芒四射。妈妈说话的时候，我体会到了夏天的感觉。

　　"蒂格里丝！"她叫我，"我能看看你吗？"

　　我脸红了，低头看着脚下的石头。突然间有些不好意思。

　　"我一直很想你。"她说着用手指在我掌心画了一颗心，"我们都很想念你！一直都是。大家都想念我们的小老虎了，是不是？"

　　妈妈手臂环绕着里奥，眼睛看着里奥和阿里安。里奥点点头，用手擦了擦眼泪和鼻涕。然后妈妈微笑着看向我，阿里安抚了抚我的背。妈妈站了起来，把我从石头上拉起来，她拉着我转起了圈圈，我的头发也随之旋转。

　　"你的眼睛充满了好奇！像星星一样亮晶晶的。你有

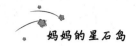

着星星一般的眼睛，是不是？你的手像爸爸，是摄影师的手哇。"妈妈说着与我手指交错。

她握着我的手急切地说：

"我想知道关于你的一切，蒂格里丝，你所有的生活，你们三个最近都在做什么呀！"

我转过身坐在了里奥旁边的石头上。妈妈坐下来，用闪闪发光的蓝眼睛看着我们。

"我们主要在……在找你。"里奥说着望向妈妈。

"努力去找寻风中的言语。"阿里安接过话。

她说着拿出里拉琴递给妈妈。妈妈轻轻地用手抚摸着金色的琴，好像她的手指和琴弦互相思念了许久。然后她把琴背在身上，转头看向阿里安。

"我们找到了这首歌里所有的词，只差一个。"阿里安解释说。

"不，最后一个词我们已经有了！"我自豪地向大家宣告。我看着妈妈说："最后的词是石头。"

妈妈看着我的眼神充满难过。

"我也希望是，蒂格里丝，可是不对。"妈妈说，"如果按你说的，'石头'是最后一个词，暗影应该已经死了。"

我的心立刻沉了下来。这时我想起了从鱼缸里拿过来的星石。我不敢提它，不敢再乱说话了，我觉得自己愚蠢极了，真的。

"你怎么知道他没死？"我问道。

"他要是死了我们会知道的。"妈妈说着温柔地抚摸我的脸颊。

里奥远望着默山，打了个寒战。他谨慎地看着妈妈。

"我很想你。"里奥委屈地说。

"我也想你，我最爱的小狮子。"妈妈说着把他揽入怀里，"你们仨我都很想念。冥冥中，我一直和你们在一起。"

"可是你被抓到石化森林里了。"里奥天真地问。

"是的，不过陪伴有很多种方式。可以是梦里，可以是脑海中。你说是不是，蒂格里丝？我其实一直都在你们身边，在树林间、草地上，在山中。我也在云海中，在星星上，在每一只嗡嗡作响的野蜂里。我也在这里。"

妈妈一只手放在里奥的心脏处，另一只手放在我的心脏处。她的双手如星星般温柔。

"我一直都在这里。"她说着用手轻轻按了按我们的胸膛，"你们感觉到了吗？"

我不太明白她的意思。

"可你在森林里呀？"我又问道。

妈妈这次没有立刻回答。

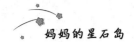

"没错。"她想了下说，"我也在那里。那儿太可怕了。多数时候我都在想着你们。"

她端详着我们每个人。阿里安把手放在心脏处，握成一个拳头，注视着妈妈的眼睛，看了很久很久。

"蒂格里丝也去过石化森林。"里奥说。

"什么？"妈妈惊讶地说，看我的眼神充满恐惧。

"不过我跑出来了。"我赶紧解释道，"我跑出来了！"

我告诉妈妈里奥的星星熄灭了，她哭了起来，示意我继续讲，她一只手搂着里奥，一只手搂着我。考虑到她是一位母亲，搂人的力气可真不小呢。不过我感觉很安心，看来她再也不想让我们分开了。我也不想跟她分开。

听我讲到石化森林里的星石，妈妈的眼睛突然亮了。

"接着我就拼命跑！一头扎进了里奥的怀里。"我给他们讲着这段经历。

之后我想起了身后的白色眼睛，在石化森林里跟在我背后的眼睛。我内心的黑色大鸟醒了，挥着尖利的爪子四处走动。

"我们要怎么对付暗影呢？"我问道。

里奥依偎着妈妈，阿里安提议说：

"也许我们……"

"到晚上还有很长一段时间，是不是，阿里安？"妈妈说着用眼神示意她，我没读懂那个表情是什么意思。

"我是说，还有星星在呢！"阿里安清了清嗓子说。

"我们暂时忘掉暗影吧，大家一起度过愉快的一天，庆祝你终于来了，蒂格里丝。"

看着妈妈的笑容，我心中的黑色大鸟飞走了，安定了下来。她的笑容如太阳一般抚慰着我。

我们从巨石上下来，跳入无边无际的大海。

尽管还是之前那片海域，这次却感觉相当平静。有妈妈在，一切都轻松了许多，水波正朝着我们要去的方向涌去，我们打算游回岛屿。海水一派平静祥和的样子，我们要在岛上度过美好的一天。里奥和我其实都累坏了，可我俩谁也不愿承认。我俩并排慢慢游回去，妈妈和阿里安跟在后面。我一路不停地回头看她还在不在。她一直都在。里奥和我停下来歇了会儿，我们并排仰泳，在水里浮上来又沉下去。我们伸展着胳膊和腿，像海洋里的两颗海星。太阳暖融融地照耀着，天空一片湛蓝。

"你看到了吗？"里奥指着天空说，"虽然还是白天，却有月亮出来了。"

还真的是，皎洁美丽的月亮正挂在天空。我们漂在一圈一圈的波纹上，里奥这时被默山吸引了。

"我害怕暗影。"他小声说，这样妈妈就听不到了。

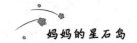
"我也是。"我小声回应道。温暖的海水开始有些冷了。

我们沉默着继续向岸边游去。妈妈和阿里安在我们身后不远的位置。我们到了岸边，衣服全都湿透了，不过太阳驱散了寒意，估计很快就能晒干了。

妈妈微笑地看着我们，然后抬起手比画出照相机的样子。

"咔嚓！我现在在给你们拍照！蒂格里丝、里奥、阿里安湿淋淋地在沙滩上，现在你们在我心里了。"她说着把手放到了她心里的相册里。

"妈妈，我忍不住，我一直在想暗影的事情。"里奥从妈妈的取景框中走了出来。

"别担心。"她一把搂过里奥，"白天暗影是不会来的。"

"他如果想来就会来的。"阿里安边说边拧着头发上的水，"他能受得了光亮。"

"没错，可是它自己不知道哇！"妈妈说着意味深长地看了阿里安一眼，"暗影不知道光亮是什么，所以他怕光。这对我们是好事，对吧？"

"嗯。"里奥应道。

话虽如此，他还是偷偷地看了看我，脸上的表情显得有些担忧。我顿时心跳加快，手心冒汗。因为想到自己跑出石化森林的时候，手电筒的光束，那只白色的眼睛一路追随着我。

"就算暗影知道自己能受得了光亮，白天他也没什么想要掠夺的东西呀。"妈妈安慰大家说。

"你确定吗？"里奥问，"他什么都不想要吗？"

"那是自然了！我对他的了解就跟这岛上的一切一样。"妈妈自信地回答。

妈妈一边拧头发里的水一边保持着微笑。

"不过……有一种可能他会来，要是我的最后一颗星石在这儿的话，他会立刻感觉到。不过大家不要担心哪，那颗星石离这个岛还远着呢。我把它交给了世界上最信任的人，他每天从早到晚都看着它……"

这下我几乎透不过气来，我的嘴里仿佛有金属的味道。

"不过，蒂格里丝？"妈妈注意到了我的异常，"你怎么了？脸色看起来这么白。"

她用温暖的手摸了摸我的额头，可我躲开了。我的脑袋里全是黑色的大鸟，大鸟中间有一个白色的大眼睛睁开着。暗影会夺走妈妈的最后一颗星石，然后……

"蒂格里丝？！"妈妈加重了语气，"你到底怎么啦？！"

我立刻朝岬角方向跑去，跑向海湾浅水处去拿我的背包。我用尽全力奔跑，全身的每一寸肌肉都在尖叫。我的心在怦怦怦地跳，我听到妈妈、里奥和阿里安在身后喊我，他们在边喊边追。可我没有回应，只顾一直朝前奔跑。我

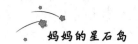

再次加了把劲，沙滩上的石头和贝壳割破了我的脚，我听到了自己粗重的喘息声。等到了岬角那边放背包的地方，我忍不住闭上了眼睛。

也许我已经来晚了呢。

最后一颗星石

　　我跑过岬角，睁大眼睛四处搜寻。在那儿呢——我的背包，它好端端地在那儿呢！看到它还在原处，我长舒了一口气，终于放下心来。我还来得及，这下星石岛不会消失了，我一定能先拿到的！我沿着沙滩跑过去，步伐轻快，因为知道自己能办得到，我没有害妈妈，星石岛也不会灭亡！我要在暗影找到星石之前把它带回家，眼前的难题就迎刃而解了。

　　这时一股恶臭味传来，是腐烂的尸体的味道，一个闷雷击中了我的身体，我的脚步沉重了起来，心中的黑色大鸟又开始张牙舞爪地出没了。森林中的暗处仿佛有双眼睛在盯着我，于是我加快步伐，沿着沙滩往前跑，心扑腾扑

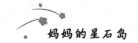

腾地跳到嗓子眼儿。此外我还隐约觉得有第三只眼睛在盯着我，我转过身去，看到暗影正拿着手电筒照我。我走一步，那道眼睛一样的白色光束就跟一步。暗影站在那儿看着我，如同看着一只待宰的羔羊。可我决不能坐以待毙，我逼自己继续跑，全部精力都集中在腿上，嘴巴艰难地呼吸着。这时妈妈喊了起来，大锤子砸东西的声音渐渐逼近，怦……！怦……！怦……！

我快走到背包跟前了，跟着我的白色眼睛越来越大。我前进越来越艰难，就像是在水里行走一样吃力。于是我深吸了一口气，奋力朝背包冲过去。

此刻周围一片寂静。

我死死地抓住背包肩带，这时一股剧痛传遍全身，我支撑不住，一屁股坐到了沙滩上。石头从背包里飞了出来，先向上弹起，慢慢转弯，而后开始下坠，这一瞬间对我就像千万年这么漫长。黑暗中暗影伸出了手，等到星石落入他手里，一切都来不及了。我压根儿不可能接得住的。这时我脑海里闪现出妈妈的话：还有星星呢！还有星星呢！我紧闭双眼伸出手。尽管我知道不可能，完全是痴心妄想，我还是虔诚地许愿，希望星石能落到我手上。

我屏住呼吸等待这一刻。

有什么温热的沉沉的东西落到了我手上，我屏住呼吸，睁开眼，面前正是它。就在我手里！最后一颗星石落在了我手里。我立刻合上手指握紧了它，笑容止不住在脸上绽放开。

暗影站在那儿没动，尖利的黑色眼睛四处扫荡。他看了看星石，又直勾勾地盯着我，我立刻收回了手。要是被他拿走，后果简直不堪设想！他慢慢转过身，身后是妈妈、里奥和阿里安，他们在离沙滩稍远一点的地方，站在那儿一动不动。暗影看了看妈妈，又看了看阿里安，然后目光转移到了里奥身上，他看了很久很久，黑色的眼睛里闪着危险的信号。

我的心脏抽搐得更加厉害了。暗影把手电筒扔到了地上，落地处沙子四散开来。他目光紧盯着里奥，往沙滩滑去。阿里安大喊起来，可是发不出声音。妈妈试图阻止他，横身拦在他面前，嘴唇在动着，好像在喊，"别抓他，抓我吧！"不过暗影把她推到了一边，她跌倒在地，暗影继续往前走。里奥站在那儿一动不动，他什么也没说，大眼睛望着我，充满恐惧。

暗影朝里奥伸出了胳膊，妈妈强撑着从地上站了起来，用拳头拼命捶打暗影的背部，可她的动作太慢，看起来还软绵绵的。阿里安拦到了里奥前面，暗影好像根本不当回事。没人能阻止得了他。我们只能眼睁睁地看着他拎起我

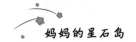

弟弟，把他扛到了肩膀上，真是难受极了。

接下来的一幕我不敢看。

这时传来一声呼喊，声音仿佛能撕碎这个世界，我睁开了眼睛。妈妈叫得撕心裂肺，我心中的大鸟在用尖利的鸟喙啄我。可这不重要，我弟弟不见了，他很快就会死了。望着被丢在脚边的手电筒，我心里想，这都是我的错。

"我们得跟上去！"阿里安大喊道，"莱拉，我们快跑吧，千万别放弃，莱拉。千万别！天上还有星星呢！你记得吗？还有星星呢！"

阿里安的声音越来越大，她一遍又一遍地晃着妈妈，终于让她回过神来。这时她停止了大喊大叫，又变回了正常的妈妈，她看着我，我也看着她。

"都是我的错！"我懊恼地说，"我还以为那颗石头能救你。"

"你就在这儿守着石头。"她大声说，"宝贝，你听到了吗？"

她的眼神流露出惶恐，声音几乎嘶哑，她大喊着命令我："你就留在这儿！"

她和阿里安追上去了，她们的长发在风里翻飞。我内心一阵疼痛，因为她们每走一步就离我更远一些。

星石在我手中散发着微光，阿里安和妈妈离我越来越远，变得越来越小。我内心的大鸟发出凄厉的尖叫，这一切都是我的错，我怎么能好端端地在这儿坐以待毙呢？

　　我一把拿起背包，把星石丢进去，然后拔腿就跑，不久我就能跟着她们进入石化森林了。

只要说出……

　　我跟在妈妈和阿里安后面，她们匆匆忙忙地，完全没有回头看，我轻手轻脚地，身体轻盈敏捷，攀爬石壁时，我摸索着向上挪动，掌握好平衡之后往上跳，就这样重复着动作。我爬到与岬角相对的那面，身体都在颤抖。妈妈和阿里安用手撑着爬到了顶上，我也跟上了。我们爬呀爬，一直爬到默山的山脊，紧接着到了踏平了的小路，我们就沿着它一直往前走。地面越来越冷，树木越来越稀疏，走到最后周围都变成了石头。每次心跳都像一拳打在我胸口上，怦，怦，怦。不过在我脑海里听起来是更沉重的锵……！锵……！锵……！妈妈和阿里安绕过了山峰，石化森林突然出现在眼前。这里昏天暗地，悄然无声，树木像是从地下破土而出的手臂。眼看着她俩长长的棕发和银发飘荡着消失在树林的黑暗之中，我内心的黑色大鸟开始吵闹起来。她们丝毫没有犹豫，径直跑了进去。

我站在那儿迟疑着。

"妈妈，阿里安？"

我在她们背后喊，可是没有回音，两人像被树林的黑暗吞没了一般。我该怎么办呢？要是我带着星石跟过去，星石岛就毁掉了。要是我不带星石跟过去，暗影也会抢走它，摧毁整个岛屿。我现在进退两难。

"妈妈，阿里安？"

没有人回应我。我心中的黑色大鸟的呼声越来越大，我再次望了望森林，很快他们都会变成石头——一切都会终结。这都是我的错。

都是我的错。

我蹲到地上，膝盖碰到下面暗掉的星石，感觉如同闪电掠过，我盯着这个漆黑的大森林，她们都没影儿了。

我无助地哭了起来，哭得浑身颤抖，涕泪交加。我狠狠地捏着里奥戳我的地方，胳膊一阵抽痛。我想到了樱桃树、老虎岛，想起我们争谁大谁小的情景，还有里奥那些破旧的毛绒玩具。我是世界上最糟糕的姐姐！我甚至忘了拿给他的玩具老虎。我怎么能连这个也忘了呢？我抽泣着，

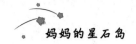

笨拙地把星石从背包里拿出来，像抱里奥一样抱着它。我闭上眼睛，假装这块硬邦邦的石头跟他的头发一样柔软，石头发出的微光是他眼睛的光亮。我哭泣着拥抱着我的弟弟，轻轻晃着他，来来回回。我小声对他说："对不起，里奥……"

他没有回应。我也不知道为什么开始唱起了歌：

"群星引路……黑暗退散……只要说出……"

我的声音微微颤抖，又有些嘶哑。我抱紧石头接着唱道：

"群星引路……黑暗退散……只要说出……"

这时我突然浑身一震。我想到了里奥说过的话：没有言语它们会死。我睁开眼睛看着星石，突然明白我们在寻觅的是什么，我们一直苦苦寻找的答案就在面前。我闭上眼睛唱下去：

"群星引路……黑暗退散……只要说出……内心的话。"

我刚唱出最后一个词，奇异的事情发生了。我手中的星石在发热，我睁开眼，看到星石不只是散发着微光，它的光芒照亮了四方！我就像是握着一颗名副其实的星星，就在我手中，活生生的。更精彩的还在后面，石化森林里也有光亮照来，这次不是来自手电筒的白色眼睛，是来自那些被掳走的星石。

"群星引路，黑暗退散，只要说出内心的话！群星引路，黑暗退散，只要说出内心的话！"

我一遍遍唱得更大声了，石化森林里的星石好像在回应我的歌。

"群星引路，黑暗退散，只要说出内心的话！"

森林里传来一声恶魔般的怒吼，我脚下的土地都震动了。我紧紧握着星石，一股腐烂的恶臭味儿传来，刺痛了我的鼻子。暗影从森林里闪现出来！他的脸被撕了个大大的黑色口子。他呼喊着，大地随之震动。他的眼睛里冒着怒火。他在我面前越变越高，越长越大，腐烂的黑色心脏发出怦……！怦……！怦……！的声响，我从来没见过他这么高大，这么有气势。他的眼睛瞄准了我，又幽深又冷漠。我内心浮现出无数只黑鸟。暗影一声怒吼，石化森林都在颤抖。树枝被震落在地，石头碎片四分五裂，四处飞散。我努力护住怀里的星石，他移到我旁边，咆哮着，声音如同燃烧的熊熊大火。我的手止不住地颤抖，这种恐惧显得他更强大了。他傲慢地看着我，一副得意扬扬的样子。接着他的胳膊伸向天空，乱挥乱打一气，像要把云朵撕得粉碎！撕下来埋到地下，和太阳陪葬。

我怀里的星石光芒减弱了，我不能放弃。我一定要阻止暗影！我接着唱道：

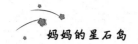

"群星引路！黑暗退散！只要说出……"

眼前的暗影让我大吃一惊，他放声叫了起来，眼睛变成两个黑色的洞。星石的光芒更弱了。

"只要说出……"

我没有接着唱下去，因为言语消失了。暗影大喊大叫，星石越来越弱，我也不例外。一开始只是双腿微微刺痛，慢慢地寒气逼近，从脚下渗入我的身体，慢慢地，我的身体一块儿块儿地失去活力。我看了看星石，它变得越来越苍白。恐慌在我内心号叫，像是闪着红光的警示灯。我极力开口，却发不出声音。

四周陷入一片黑暗，为时已晚，这下我要死了，大家都会死掉，星石岛要消失了。

暗影对着我大喊，整个世界一直颤抖。我用尽最后一丝力气，抱着星石蜷成一团。我努力去想爸爸，闭上眼睛假装自己不是快要死了，假装自己正坐在爸爸的腿上，他扎人的胡楂贴着我的脸。叫喊声还在继续，我想起咖啡和牙膏的味道，还有放了四颗棉花糖的热巧克力。我觉得内心像被人刺了一剑，现在爸爸连我也要失去了。

我紧闭双眼，想着自己马上就要死了。

这时我听到了身后传来了声音，像是来自另一个空间，另一个时间。好像说话的人正在水下唱歌。一开始我以为自己是在做梦，可是声音越来越大。我犹疑着睁开了眼睛。暗影还在我面前咆哮着，可他的眼神变了，先前的傲慢荡然无存，看起来居然有些……害怕的样子？他正望着我身后的什么。我转过身去，看到了她们手挽着手在唱歌——是太阳的三个女儿！

"群星引路！黑暗退散！只要说出……"

三姐妹唱着唱着突然停了下来，她们互相对视了一眼，然后一起看着我。

"内心的话！"我大喊道，"只要说出内心的话！"

她们点了点头。风吹起她们的衣服，像火焰一样闪着金光，我也加入她们，一起唱得更大声了：

"群星引路！黑暗退散！只要说出内心的话！群星引路！黑暗退散！只要说出内心的话！"

从石化森林里传出的星石光亮越来越强。暗影大肆地咆哮着，叫声响彻云霄，天空都快要崩溃了。我们不为所动，还是坚持唱着：

"群星引路！黑暗退散！只要说出内心的话！群星引路！黑暗退散！只要说出内心的话！"

一束银色的光从石化森林里射出来，光线笔直，像是黑色的树林里一支闪光的长矛，我怀里的星石也飞出一束银光，穿透黑暗，充满力量。暗影仍在大吼，心脏怦怦怦地大肆跳动着。我们接着唱下去，光线变得更明亮，像箭一样射出来——一束、两束——直击暗影腐烂的黑色心脏。

暗影的眼睛越睁越大，他最后咆哮了一声，震耳欲聋，整个世界震荡了一下，接着一切都归于平静。暗影在我们面前化为灰烬。原来危险恐怖的东西顷刻间散落在地，如同灰尘。

等我回过神来，三姐妹已经消失了，好像从没出现过一样。石化森林在我面前崩塌，一点一点地四分五裂。可是妈妈呢？里奥呢？还有阿里安，他们去哪里了呢？

这时阿里安从森林里跑了出来，抱着满怀的闪闪发光的星石。妈妈就跟在她后面！她的怀里……空无一物。可是里奥呢？我站起来，腿在发抖，内心一阵剧痛，他在哪儿呢？他是不是……

妈妈和阿里安身后有东西在树林里移动。在那儿，他在那儿！随着身后的树逐渐倾倒，他终于走出了黑暗，走进了光亮之中。

"蒂格里丝！"他激动地喊道。

我也大喊着回应："里奥！"

红玫瑰草地

石化森林发出轰隆隆的声音，像是雷声，由远及近，不过情况要比打雷糟糕得多。

"快躲起来！"妈妈大喊。

她说着一把抓起我和里奥的手，拉着我们朝着巨石走过去。跑的时候我的星石掉下来了。

"别捡了！"妈妈大声命令道。

我们躲在石头后面，挤作一团。我不敢呼吸，阿里安还在森林里，我谨慎地从巨石后面偷看，我看到她了！

她蹒跚地往这边走，步伐沉重。她压根儿带不动这么多星石，看起来人随时要散架。

"丢下石头！"妈妈大声说。

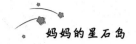

阿里安没听她的话，反而抱得更紧了。不过星石还是从她怀中掉落了，一块接一块地掉。我正要跑过去帮她，妈妈抓住了我的手臂。就在这时，石化森林仿佛发生了一场恶战，是石头和山的对决。树枝碎落一地，石头裂成碎片。阿里安从枯死的树枝上跑过，被绊了一跤，仅剩的星石也散落在地上。扑面而来的烟尘卷着旋涡吞没了森林，阿里安跑了出来。她全身灰扑扑的，两手空空。不过她逃出来了。

"你没事了！"妈妈兴奋地大喊，一把把阿里安拉入怀中。

外面地动山摇，我们四个抱成一团，躲在巨石后面。我们紧紧地抱着，手挽手，头并头。我想我们会死吧，也许这就是世界末日？

接着一切都安静了下来。我正要爬出去一探究竟，妈妈阻止了我。

"等下！"她说着用手臂护住了我。

几分钟过去了，我们只能听得到自己扑通扑通的心跳，还有阿里安气喘吁吁的声音。

"现在好了。"妈妈说。

我们从石头后面爬出来，看到烟尘已经消散，石化森林已经完全倒塌。

以前像手掌一样伸出大地的树木，现在只剩下灰尘。还有更加不可思议的事情，在我们面前，就在我们脚下，一个强壮的小东西破土而出。

我放开妈妈的手，跪了下来，一棵植物从厚厚的灰尘中钻了出来，它渐渐长高长大，自豪地顶起了小小的绿叶，结出了沉甸甸的花蕾。接着花蕾绽放，一片片展开，一枝红玫瑰赫然出现在眼前。

我小心地摸了摸这朵玫瑰花，闭上眼凑到跟前闻了闻花香。甜甜的、浓郁的玫瑰花香味让人沉醉不已。玫瑰花闻起来是树莓的味道哇，我诧异地想着。等我再次睁开眼睛，发现一丛丛玫瑰勇敢地从灰尘中破土而出，举着沉沉的叶子和花蕾伸向天空。我站起来，眼前是一片红玫瑰的海洋，在风中温柔地摇摆致意。

"是星石的力量！"阿里安对我说。

"是歌声的魔力。"我对她讲。

她笑得露出了牙齿。接着她旋转着跳进了花丛，里奥也跟着进去了。他们旋转了一圈又一圈，开心地笑着。现在危险已经除去，面前就只有玫瑰，整个玫瑰花海。

妈妈站得稍远一点，手指抚摸着一枝玫瑰。

"妈妈，你知道吗？"我走近前来端详着一枝玫瑰花的花朵，大声对她说，"爸爸每年扫墓的时候都在你墓前

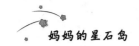

放一束红玫瑰。我跟他说过好几次要换种花，怕你厌倦了红玫瑰，毕竟都送了十年了。可他还是坚持选这个。你墓前的红玫瑰跟这个闻起来一模一样呢！"说着我把鼻子埋进了花里。

妈妈在我旁边蹲了下来，我看到她哭了，她拉过我的手放在手心。接着她闭上眼睛，深深地闻了闻第一朵玫瑰花的香气。她的脸上布满泪痕，笑容也在她脸上绽放开来。

"我喜欢红玫瑰。"她凝视着我说。

我能感觉到，她其实在说她爱爸爸、里奥、阿里安和我。她轻柔地抚摸着我的脸颊，她的手结实有力，让人安心。然后她侧过身，亲了亲我的额头。

里奥在花丛间兴奋地跑来跑去。

"它们有刺！"他大声说。

"这就是爱，美丽又偶尔带刺！"阿里安大声说，她的头在花丛间若隐若现。

里奥走到稍远处的花海，弯下腰去闻花香。妈妈转过来问我：

"你在老虎岛过得怎么样？呃……爸爸呢？"

我低下头安静地看着玫瑰。

"可以跟我说说呀。"妈妈揉着我的手臂说。

花茎上的刺刺到了我的手。

"自你过世后，爸爸就变了个人。"我回忆道，"他眼中的光彩消失了，在我眼里，他每年秋天都随着枯萎的落叶一起憔悴。尤其是今年秋天，我们要搬家，爸爸比以往状况更糟……"

我跟她讲了鱼缸的事情，说到爸爸整日灰心丧气地穿着松松垮垮的运动衫，再也没有跟我一起做过饭，说到自己没有什么朋友，想念她的时候就去摸摸她留下的磕痕，说到我们搬完家至今还没收拾。然后我说到那张被撕成两半的照片，我讲到爸爸从未告诉我里奥的存在的时候，妈妈哭了。

"我要气死了！"她发泄说。

"爸爸也许是想保护我。"我维护他说。

"那又怎样。"妈妈吸着鼻子说，"里奥可是你弟弟！你知道吗，蒂格里丝？你不用袒护爸爸，我虽然生他的气，但不妨碍我爱着他。你也可以这样的。"

"是呀……我知道。嗯，现在我知道了。我也生过他的气，不过现在感觉好多了。爸爸最近买了牛仔裤，开始打起精神了！"我说着看了看妈妈，"我们还买了鱼放进鱼缸。我现在也交了朋友，一个名副其实的朋友。他的名字叫尼科，跟我住同一栋楼。"

"希望你跟新朋友相处愉快，蒂格里丝。"妈妈抚摸着我的脸颊说，"你要抓住他，那些动人的爱情，真正的朋友，都是世间难求的。如果遇到了就要珍惜。当然了你也可以爱他们的同时对他们生气。"

妈妈的眼神跟随着里奥和阿里安，这两位正在花丛间旋转跳跃。

"我还有奶奶呢。"我说着耸了耸肩。

"你是说偷车贼？"妈妈说着笑了起来。

"不，我说的是奶奶。"我纠正道。

"对的，是艾琳娜！她开车时是不是还是老压到最低挡？她太谨慎了，跟偷开别人的车一样，我们以前老叫她偷车贼。"

"你说奶奶？！"我好奇地问道。

妈妈点了点头，之后表情又严肃起来。

"在老虎岛我一直跟你们同在，你一定知道的吧？"她望着我说。

"怎么会呢？"我没理解。

妈妈笑了笑。

"我在你的发间。"她说着温柔地把一缕头发别在了我耳后，"里奥呢，他在你眼睛里。你开心的时候，我们也跟着笑。你哭泣的时候，蒂格里丝，我们紧紧抱着你。要是你想我们了，只要用心去感受，你就知道我们和你在一起，我们就在这儿，在你心里。"她说着，手掌轻轻拂过我那道斑纹状的疤痕。

"呃。"我把妈妈的手移开了，"要是我想念你们，为什么不直接来这儿找你们呢？"

这时里奥在喊我了。

"蒂格里丝，你不来玩吗？"

我看了看妈妈，她脸上还挂着微笑，看起来却有些难过。

"去吧，赶快过去吧！"她鼓励我说。

于是我跑进了玫瑰花丛，玫瑰树很高大，都到了我手腕的位置！

"我一直想知道一件事。"我跑到跟前时里奥说。

他看起来很认真的样子，眼睛眺望着远处的花海。

"我的坟墓是什么样子呢？"他问道。

"我不知道。"我走过去跟他肩并肩站着。

我们眺望着这一片玫瑰花海，阿里安穿过花海向妈妈走去。

"那你答应我会去找找看！"他要求道。

"嗯。"我应道，"我保证，下次见面时我讲给你听。"

"那说好了。"他说着用胳膊戳了戳我的胳膊。

"你看，这片地方不再是石化森林了。"我环顾四周说。

"我老是做梦梦到一片草地。"里奥回忆说。

　　"那这里我们就喊它玫瑰地！"我接着说道。

　　我转身对着默山大声喊："这儿就是红玫瑰地了！你听到了吗？！"

　　我对着山峦、对着天空、对着云朵、对着白云大声喊。我对着正在远处聊天的妈妈和阿里安大声喊。里奥又戳了戳我的胳膊，然后我们跑开了。

　　我们穿过了红玫瑰地，花朵在风中摇曳，蝴蝶也来助兴了！这时我踩到了一块硬硬的东西，我弯下腰，一下就认出了它。

　　"是星石！"我大声说，"它还在这儿！"

　　妈妈和阿里安立刻跑了过来。

　　就在这里，所有的星石都摆在这儿，它们没有那么耀眼了。就像那些普普通通的快乐的石头一样散发着微光。不过它们的位置有些奇特，不是我和阿里安弄掉时散落一地的样子。它们排成了一个圆圈。在星石中间，有个东西在长大，不是玫瑰。

　　"哇哦！是我放在你墓前的植物！"我转向妈妈诧异地说，"我不知道你喜欢什么，就想也许你喜欢惊喜？所以我每年都买不同的植物，现在它们居然在……在这儿？！"

　　我在这个小花园前面坐了下来。

　　"嗒嗒！"我说着做了个变魔术的手势。

"真是太美了，蒂格里丝！简直美得无与伦比。我太喜欢这些惊喜了。"妈妈说着用一只胳膊揽住了我。

我们一起欣赏着这些小小的植物，姿态别致的盆景树，有趣的肥厚的仙人掌，小小的多肉植物。我们决定把这块地方叫作独特的小花坛。

"星石就放在这里吧。"阿里安提议道，"现在暗影没了，没人会带走它们了。"

"我会常来这里想念你的。"妈妈说，"我会再来这儿弹琴唱歌。"

我正要跟妈妈说她可以等我下次来一起做这些，她打量着阿里安问：

"阿里安，你的辫子哪儿去了？"

"辫子？"我也饶有兴趣地问。

"妈妈经常帮阿里安编头发。"里奥解释说。

"你不在了，我再留辫子怪不自然的。"阿里安低头盯着玫瑰说。

"我现在可哪儿也不去了。"妈妈说，她抬了抬阿里安的下巴，直视着她的眼睛，"我现在回来了。"

阿里安在独特的小花坛前的玫瑰花丛中坐了下来，妈妈用手梳理着她的头发，分成三股后开始编了起来。一条长长的银色辫子在妈妈手中诞生了，她快编完的时候，里奥递

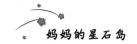

过来一根从荷包里取出的丝线。妈妈把它系在了发辫末端。

"好了！这才是该有的样子嘛。"她说。

妈妈偷偷地瞄了我一眼，我一直坐在她旁边认真看，在我看来，她编头发的样子像表演魔术一样。

"你也想编个辫子吗，蒂格里丝？"她问道。

"好哇。"我欢快地应道。

妈妈的手穿过我的头发，仿佛她的指尖长出了美丽的藤蔓，穿过了我的身体。她的手法熟练又巧妙，把头发分成三股后开始编。她编发辫的时候没有说话，不过一点儿也不会觉得尴尬。她编着发辫，就像把我俩编到了一起，妈妈和我。里奥从荷包里又拿出一根丝线，妈妈把它系在了我的发梢。

"我们再加一枝这个吧。"她说着掐了一朵玫瑰。

她把玫瑰别在我耳后，红玫瑰的花香随之而来。

"美丽极了。"阿里安说。

"是呢。"里奥赞同道。

外面天色渐渐变暗了，湛蓝的天空变幻成暖暖的粉色，夹杂着小小的白色云朵。我们谁都没有说话，不过心里都知道，我该回家了。

我们一起离开了红玫瑰地，从默山上下来，虽然名叫默山，不过有我们一路聊天说笑，一点儿都不沉默呢。

我们踩着光滑的石头，从急流河蹚水而过，然后跑着穿过大平原，跑起来可比走路有趣多了，我的辫子在背上欢快地跳跃着。我们跑过了樱桃树，下次来我要跟妈妈和里奥比赛谁吐核吐得远。妈妈喊了阿狼的名字，我虽听过但还是忍不住笑了。我们抚摸了一会儿羊儿们，它们中我还是最喜欢阿蒂。紧接着我们就匆忙朝沙滩赶过去。

阿里安从石头后面拿出了她藏的一些食品。

"你一定要吃了饭再走！"妈妈故意板起脸说，装作严厉的母亲的样子。

里奥和我被她逗笑了。食物可丰盛了，有大平原上的野生谷物磨粉做成的面包卷、羊乳酪，还有小颗的绿色橄榄、黄澄澄的蜂蜜、暗紫色的无花果。我喝了春泉的泉水，吃了四个面包卷，连里奥都被我的食量震惊了。

"你吃得满脸都是。"妈妈笑着说，她靠近我帮我擦掉了脸上的面包屑。

"你也是呀。"我说着用手擦了擦妈妈满是食物碎屑的脸。

她吻了我的手，所有的食物吃起来都美味至极。

红红的太阳打了个哈欠，慢慢从地平线往下落，好像一枚甜甜的樱桃。

"该走了。"阿里安说着站了起来。

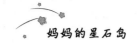

妈妈点了点头，眼睛里闪着光泽。木箱还在我放置的地方，离大岩石稍远。不过是短短的一天时间，我却像过了好几年。我开心地戳了戳里奥的手臂，他也回戳了我。

妈妈把木箱拉到了海边，木箱入水溅起水花。我正要踏进箱子，耳后的玫瑰从发间掉了下来。我弯腰捡了起来，不过被刺到了手，手指流血了，我学着爸爸的样子吸了吸伤口。妈妈弯下腰亲了亲我的前额，然后她抚摸了我胸部的疤痕，虽然我刚刚刺破的明明是手指。

"会痊愈的，你等着吧。"她说着用湛蓝的眼睛看着我，好像能看透我似的，"就算很疼，还会留疤，最后还是会愈合得很好。"

"呃，妈妈，我只是被玫瑰刺了一下。"我说。

"我多希望爸爸也能来这儿啊……"里奥说。

"我也是。"妈妈安慰道，头发被风吹得散作一团。

"我真希望能看到星星再次亮起来……"我说。

"你可以呀！"里奥接过话，"下次来看吧！下次你晚上来，我们一起看星星！"

"那我下次把你的圣诞礼物带来。"我说。

"圣诞礼物？"

"嗯哼。"我神秘地说。

里奥的棕色眼睛立刻亮了起来。

"我还从没收到过圣诞礼物。"他开心地说。

"到时候我们还能比赛谁吐核吐得远，是吧？"我问道。

"那是当然！"里奥兴奋地说，"那你快点再回来！"

我们拥抱告别，之后我跳进了木箱。妈妈把箱子推到了水中，水流变了方向，箱子开始朝着地平线的方向颠簸前进。妈妈站在沙滩上笑意盈盈的，冲着我大喊：

"咔嚓！"然后把手放到心脏处存进相册。

一阵微风吹过，她的长发翩翩起舞。

"我爱你，蒂格里丝！"她大声喊道。

"我也爱你们！"我冲着他们喊，"爱你们大家！"

木箱颠簸着前行，离海岸越来越远。

"别忘了我的圣诞礼物！"里奥对我喊。

我笑着喊了回去："保证不忘！"

阿里安一只手揽过了妈妈，里奥跑到水里站在那儿对我挥手，水深到他的膝盖。我也对着他挥手，直到他消失在海滩上，变成一个小小的跳动的点。然后我盖上箱盖，蜷缩进箱子。呼吸着甜蜜的玫瑰花香，进入了深深的、深深的睡眠。

消失的世界

　　我把木箱推到书桌下的暗处，公寓静悄悄的。我内心暖烘烘的，充满温暖和力量。我谨慎地打开房门，瞄向客厅。一种奇怪的感觉油然而生，公寓不像之前那么空荡荡了，现在有家的感觉了。以前光秃秃的阳台，现在摆了一盆盆的植物，天竺葵、仙人掌，还有一品红，整整齐齐地摆了一排。窗台上还坐着一只圣诞小精灵，长着白色棉花糖一样的大胡子，腿在那里晃来晃去的，窗户两边挂着红色的圣诞窗帘，我们家的旧条纹地毯铺在了地板上，那是爸爸上艺术学校的时候织的。所有的搬运箱都压扁放在了前厅的墙边了。

　　我听到有声音从厨房传出来。他们正坐在餐桌边喝下午茶，还给我留了个位置，因为我最爱的三明治和热巧克力在那儿等着我。我进来时爸爸转过了身。

"怎么样，蒂格里丝，你想做的那件事如何了？"他问道。

"一切顺利。"我简短答道。

我坐在奶奶旁边，感觉妈妈的光辉像太阳一般照耀着我。我咬了一小口三明治。

"你不饿吗？"爸爸问。

"有一点儿。"我应道，脑海里浮现出妈妈帮我擦脸上的面包屑的场景。

"天哪，你的辫子真好看哪！"奶奶赞叹道，"是你自己编的吗？还有一枝玫瑰！麦洛，你见过这样的玫瑰吗？"

"哇。"爸爸附和道，"真是朵美丽的玫瑰花。"

"你闻闻。"我对他们提议道。

爸爸从餐桌上探过身来，闭上眼睛闻了闻浓郁的花香，再睁开眼的时候眼睛亮晶晶的。

"闻起来太棒了。你在哪里找到的花？我从来没见过这么芳香四溢的玫瑰。"爸爸说。

"就随便找的。"我含糊地说，接着喝了口巧克力。

这么敷衍爸爸总觉得不太好，再说了，这也不是普通

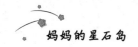
的随处可见的花。

"这花让我想起了妈妈。"我补了一句。

我真希望爸爸能读懂我，能跟我讲讲里奥，我有一堆有关里奥的话想跟他说，要是一谈起弟弟，我肯定会滔滔不绝的。

"也许是什么预兆？"我试探说，"说明妈妈也想念我们，你确实老买玫瑰花给她。"

"你相信预兆吗？"奶奶喝了口咖啡说。

"我相信的东西多了去了。"我笑着对他们说。

"我能再闻一闻吗？"爸爸征询道。

我把玫瑰递了过去，他的鼻子深深地埋进了柔软的花瓣中。我听到他吸气的声音。他再次睁开眼睛，目光似乎游离到了别处，也许是回到了遥远的过去吧。

"噢，对了，我给这三只纱罗尾鱼起好名字了。"我说。

"是嘛。"爸爸看着我，"什么名字呢？"

"三姐妹。"我答道。

爸爸和奶奶一致觉得这名字蛮有意思。

"不过……你不给每一条取个自己的名字吗？"爸爸问道。

"不，那样的话我们就会不断地向它们索取了。"我说。

"你说对纱罗尾鱼？"爸爸疑惑道。

"它们想安安静静地待着，不想被打扰。你知道的呀，就自己顾自己的事。"

"什么样的事呢？金鱼会做什么事情啊？"爸爸提起了兴趣。

我只是笑笑不回答。

那晚我要上床睡觉的时候，爸爸拿着那朵玫瑰进来了，玫瑰插在青绿色的花瓶里。他把花瓶放在我床头柜上，挨着妈妈的照片。放的位置玫瑰正好对着妈妈的脸，看起来好像照片里的她正在闻花香。爸爸用手轻轻地摸了摸我的头发。

"晚安，小猫咪。"他对我说。

"晚安，大帽。"我喃喃道。

那晚我实在是精疲力竭，爸爸还没走出房间，我就搂着小恶魔睡着了。在梦里，我又回到星石岛，在一片红玫瑰地里跑，可是我跑哇跑，跑哇跑，玫瑰地还是没有尽头。

我一觉醒来，觉得似乎哪里不对劲。这时我记起来了——今天是跨年夜！我透过卧室的门缝，看到爸爸正坐在客厅的沙发上摆弄着指甲，他的眼睛落在了鱼缸里的纱罗尾鱼上。

我起了床，拉过毯子像披风一样盖在身上，然后向爸爸走过去。

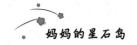

"早上好。"我问候道。

"早上好。"爸爸把目光从鱼缸上抬起来。

"奶奶不在这儿吗?"

"是呀。"爸爸说,"她一会儿就过来。对了,我们鱼缸里以前是不是有块石头?"

"呃……"我窝在他旁边的沙发里心虚地应道,"好像没有吧。"

"奇怪了。"爸爸自言自语道,我拿毯子裹住了腿。

桌上有两份吐司,都细细地抹了黄油,夹着两片奶酪,旁边还有一大杯苹果汁。我埋头吃了起来,爸爸什么话也没说,就坐在那儿看三姐妹在鱼缸里游来游去。

我正要吃第二片吐司,爸爸突然深吸了一口气,就像电视里要参加重要的大型比赛的运动员赛前的深呼吸一样。他的手微微发抖,我看到他的眼睛发亮,慢慢把三明治放回了盘子里。

"有些事我想跟你说,蒂格里丝,这事我很早很早以前就该告诉你了……"

听到这话,我几乎不敢呼吸了。

"你记得那只松鼠吧?"爸爸问道,"你在墓园看到的那只?"

"嗯。"我应道。

　　我望着爸爸，心脏猛地一抽，觉得自己像是正从云端坠落。他的手抖得厉害，是很明显地在颤抖了。他用那只正常的手按住了发抖的手，深吸一口气看着我。

　　"你问我为什么买了两只松鼠。我每次买玩具都买两只，一只是给你的，另一只……另一只……"

　　泪水从爸爸的眼里奔涌而下，他用上衣袖子擦了擦眼泪。

　　"另一只毛绒玩具……是给……给你弟弟的。"

　　他缓缓地抬起头，注视着我的眼睛。

　　"你出生十三分钟后，你的双胞胎弟弟也来到了世上。他的名字是里奥，不过我们都叫他小狮子。因为你们还在妈妈腹中的时候，总是推推搡搡的，就像狮子和老虎。可是他死了……"爸爸颤抖着声音说，"里奥跟你妈妈在车祸中丧生了……我不敢相信……我竟然……一直没告诉你。他是你的亲弟弟呀！那时你才那么小……可如今，如今你都长这么高了。"

　　爸爸抽泣着，鼻涕流了出来。他抓住我的手紧紧握着，然后抬头看着我。

　　"可是……你怎么哭啦！"他难以置信地问。

　　是的，我在哭，因为我感觉到了自己双颊湿湿的。

　　自从事故之后，我就没见你哭过了……我早就该告诉

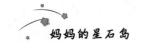

你了。我一直在想怎么跟你开口……所有的事情都失控了。这都是我的错。要是能回到过去重来一遍该多好。我一定不会像现在这样……我会更妥善地处理这件事情。你能原谅我吗，蒂格里丝？"

我抽泣着坐到了爸爸的腿上。我用力抱紧了他，几乎能听到他的心跳。他硬硬的胡楂儿扎着我的脸，不过没关系，因为爸爸对我讲述了实情。我抱着他，埋进他的运动衫哭了起来。

"我原谅你了，爸爸。"我小声地说，同时搂得更紧了。

我们就这么坐在那儿，抱在一起眼泪汪汪的，一只老虎和她的父亲。最后我松开手，看到了爸爸眼睛红红的，满含泪水。

我抽了抽鼻子。

"我想去看看他的墓地。"我说，"可以吗？明天怎么样？"

"当然可以了。"爸爸说。

我望着在鱼缸里游来游去的三姐妹，这下心里觉得放松极了，我们终于能坦诚地谈谈里奥了。

"他是什么样子的呢？"我问道，"你还记得他活着时候的样子吗？"

"我记不记得？"爸爸张大了眼睛看着我，"我这辈子都不会忘记他！我每天都想起他，想起他打哈欠的声音，你在一旁的时候他开心的样子，还有他……"爸爸笑了，眼睛闪闪的，"每次我们推着婴儿车去自然保护区，他看到羊群时咯咯笑的样子。真是太有意思了，这个小孩儿居然爱看着羊群笑！你妈妈说他曾是一只牧羊狮，我觉得不是，他只是喜欢羊儿，当然他最喜欢的还是你。以前你俩就爱互相戳对方，像这样。"

爸爸松松地握起拳头，开玩笑地戳了戳我的胳膊，就像里奥那样。这时我突然兴奋起来，要是我告诉里奥他该有多高兴啊。

"你其实有张他的照片。"爸爸说。

"我这里？"我问道。

"是啊，就是几年前你从我钱包里拿走的那张。"

我默默低下头盯着沙发。

"你知道是我拿的呀？"我摆弄着坐垫说。

"嗯。"爸爸应道。

"那你怎么什么都没说呢？"我抬头望着问。

"我是想告诉你的，不过每次我一开口，这些话就像……"

"消失了？"我接过话说。

"是的，就是这样。"爸爸说，"这些话就莫名其妙

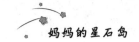

消失不见了，有时候我盼望你看到莱拉、里奥的照片，看着毛绒玩具，能奇迹般地明白自己有个弟弟，我一直想跟你聊聊里奥和妈妈的事情，可跟你妈妈有关的事情我一丝都不敢提，我怕一不小心就说出了里奥……对不起，我一直都没跟你讲过弟弟，我本来打算搬家时告诉你的，就当是个新的开始，我是这样想的。可是当你问起松鼠的事情，我还是什么都说不出来。对不起，蒂格里丝……对不起，我没有及早告诉你。"

"他如果见到你一定很高兴。"我说。

"你这么觉得吗？"爸爸抽着鼻子说。

"不，我知道就是这样的！我这里感觉得到。"我说着把手放在了心脏的位置。

虽然我们都在哭，我还是很高兴，爸爸终于坦诚地告诉我了！里奥要是知道了肯定高兴得不行。我还要给他圣诞礼物！还有爸爸讲的关于他和羊的故事，原来里奥一直都喜欢羊呢……真是有趣呀，一切都完美地串起来了。

"我……可能需要些时间消化这些事。"我故作严肃和忧虑的样子对爸爸说。

"行啊……那是自然了。"爸爸说，"我能理解。有些坎儿只能自己过，你慢慢来吧。"

"那我去房间待会儿。"我说。

"好的，你确定要一个人待着吗，蒂格里丝？"

"嗯。"我回答说。

"那你需要什么就再叫我，好吗？我会在你身边的，一直都在。"

"我能关上房间门吗？"

"没关系。"爸爸说，"我相信你，我们可以信任彼此的，对不对？"

我还没有回答，身后的门就已经关上了。我怀着剧烈的心跳，拿出了给里奥的圣诞礼物——藏在床下的老虎玩具。我从桌上抓过一支毡尖笔，仔细思索了一会儿，在纸上写下："圣诞 7.0 快乐！给里奥，来自你的姐姐蒂格里丝。"接着我脱掉袜子，把圣诞礼物夹在手臂下，准备去拉书桌下的箱子。

可是放箱子的那个地方空空如也。

木箱不见了。

木箱

"蒂格里丝，你在屋里干吗呢？"

"没做什么。"我一边翻查卧室一边答。

床底下没有，床垫下面没有，枕头下面更是没有。

"你做什么呢？"

"找东西呢！"我不耐烦地大声回复道。

我抓过床上的枕头，掀开了毯子，找遍了每个角落。

"你找什么呢？"爸爸接着问。

"找箱子，就是一只搬运箱！"我猛地拉开了大衣柜。

"可是所有的搬运箱都已经回收了，东西都已经整理完了。"

我把衣柜里的衣服扔在了地板上，还是没有，箱子不在衣柜里。

"不是那些纸箱！"我着急地喊，"是只木箱子！"

我烦躁地踢着小地毯，这时爸爸推开了我的房门。他站在那儿看着我，脸上的表情怪怪的。我从他面前跑过，跑到客厅，掀起了沙发垫，从后面粗暴地把毯子掀到地上。也没在那儿！

"是跟里奥有关吗？"爸爸跟在我后面问。

"不是，我在找箱子。我已经说过了！是只木箱子！"

"蒂格里丝，你就不能……"

"那只箱子上写着'莱拉的物品'！"我不耐烦地大吼。

我跑进了浴室，那儿也没有！

"可是，宝贝，我们没有那样的箱子呀。"

"有的，当然有！"我大喊着冲进了前厅。

我把所有的外套扔到了地板上，箱子也不在那儿。

"帮帮我，好吗？"我冲着爸爸喊。

爸爸朝我张开了怀抱。

"过来吧。"他说，"过来吧，蒂格里丝。是我的错……你一定是被吓到了。过来，宝贝……"

爸爸要把我搂进怀里，可我挣脱了。

"别碰我！"我咆哮道，"既然你不帮我，我还是去问尼科好了！"

253

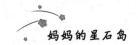

我一把拉过大门，跑进了楼梯间。我听到爸爸去拨电话了。

我心急火燎地冲上楼梯，跑起来辫子打在背上。刚刚用作披风的毯子没了，我只穿着睡衣，连袜子都没穿。不过那不重要。现在什么都不重要了，除了木箱。

我一直敲，直到尼科过来开了门。他打开门，用奇怪的眼神看着我。

"你见过一只箱子吗？"我迫不及待地问。

"箱子？"尼科疑惑道。

"大概有这么大，木头做的。"我说着用手比画了下大小，"上面写着'莱拉的物品'。"

"我没见过……"

"那个特别重要！"我急不可待地喊，"我一定要找到！"

尼科立刻开始穿鞋了。

"你上次见到它是在哪里？"他问道。

"在我书桌下，不过那儿没有了！我家里到处都找不到。"

"那垃圾房呢？你去那里找过吗？"他问道。

"什么垃圾房？！"我激动地问。

尼科一把抓过进门桌子上的钥匙圈，然后我们沿着曲曲折折、棱角分明的楼梯往下跑，一直跑到地下室一道沉重的大门前。尼科翻腾着找钥匙。

"快点！说不定被人拿走了！"我催促道。

他打开这扇沉重的门，我们来到了一个长长的过道。头顶的灯发出滋滋的声音，电灯一直在闪。面前又出现一扇门，我猛地拉开门，这就是垃圾房了。数不清的分拣垃圾桶里堆满各种各样的物品，还有一堆家具。在那里，就在回收纸张的垃圾箱上，我们的搬运箱都在那儿。

我爬进了垃圾箱，拿起那些扁扁的纸板箱扔到了地上，卫生纸卷筒散得满地都是。

"呃……"尼科欲言又止。

我爬进了塑料垃圾桶，把里面的东西一包包往外扔。手摸到什么黏糊糊的湿东西，里面一股腐烂的味道，可我不在乎。我就一直扒拉一直找。一定在这里的！这么大一只木箱子不会凭空消失的。

"蒂格里丝，我觉得不会在这儿的。"尼科劝道。

我听到了他的话，不过左耳进右耳出，依旧接着翻找。这时我旁边传来窸窣窸窣的声音，尼科爬上来按住了我的手臂。之前我好像一直在睁着眼梦游，这下我醒了。现在我听到了他的话。我心里七上八下的，这时他再次对我说："我觉得箱子已经没了。"

我边哭边喊："不会没的！我们说好要一起看星星的！"

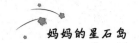

我流着鼻涕脏兮兮的，不停地撕扯着上衣，上面沾的东西又脏又恶心，我只想回到妈妈、里奥和阿里安身边。可我回不去了！我束手无策，只能站在这儿，站在装满牛奶盒和腐烂食物的垃圾桶里，在尼科面前无助地大哭。

"说不定你可以再找个新箱子呢？"他建议说，"跟那个一样的？"

"我们说好一起看星星的……"我小声地哭着说，"我还要送他一只玩具老虎呢！"

尼科说了些什么，我没听进去，径直从垃圾箱里爬出来，跑出了垃圾房。我跑过了灯泡滋滋响的走廊，推开沉重的大门跑回了楼上。我哭得声嘶力竭，爸爸打开门把我拉到怀里，我浑身都在发抖。

进门后我坐在他的膝盖上大哭，他温暖的手轻轻地来回抚摸着我的背。

"没事的，蒂格里丝。"爸爸说，"你好好哭一场吧。"

我洗了个澡，穿上了运动衣和羊毛袜，把自己裹进软软的毯子里。奶奶来了，她穿着最好看的那件黑色裙子，戴着珍珠项链。像往年一样，她带了希腊传统的新年蛋糕来，上面用杏仁摆出了年份数字，里面还藏着一枚硬币，谁吃到这枚硬币就会拥有一整年的好运气。可我一点也不想吃蛋糕。

"反正我也从来没吃到过硬币！"我抽泣着。

"可是……你不是喜欢找硬币嘛！我有种预感，你今年肯定会找到的。"奶奶安慰我说。

"我无所谓。"我说着爬回到爸爸的腿上坐着。

爸爸的手慢慢地抚着我的背，一遍又一遍，让人安心。

"我不明白那只箱子怎么那么重要。"爸爸说，"希望你能跟我说说。"

"我们不是要庆祝跨年夜吗？"奶奶问道，"看！"

她去拿了一盒烟花来，点了一支，烟花亮了起来，发出嗞嗞嗞的声音。我想起了三姐妹，于是哭得更厉害了。这下我再也见不到她们了！

"抱歉。"奶奶说着要吹灭烟花，"我们可以明天再庆祝，跨年夜 2.0！那样也挺好的，是不是？"

可烟花没有熄灭，还是一直燃烧着。

"对不起，蒂格里丝！"奶奶手足无措地坐在沙发上，"我不是有意……唉，都乱了套了！我的宝贝……你是想释放下伤心吧，对不起！"

我哭着想，这是我度过的最糟糕的跨年夜了，今年一定是我生命中最糟糕的一年。我再也见不到弟弟了。我再也不能拥抱妈妈了，我的生活全都毁了。

奶奶手中的烟花慢慢熄灭了。突然间她用力拍了下桌

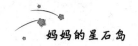

子，大声说：“哼，去他的！我才不管什么传统呢。今年轮到你了！”

她一把拉过放新年蛋糕的盘子，上面的杏仁震掉了几颗到咖啡桌上。接着她把拳头伸进了软绵绵的蛋糕，四处摸索着直到找到了那枚硬币。

蛋糕就在她面前的盘子里七零八落，碎屑和杏仁堆成一座小丘。奶奶满意地笑了。

“喏，给你。”她说着把硬币塞到了我手里。

我不知道该说些什么，连爸爸都看呆了。

“这样你今年都会有好运气了！”她说着拂掉了手上的蛋糕屑。

“可这不是作弊吗？”我思索良久问。

“不算。”奶奶说，“这不是作弊，这是帮忙！今年轮到你了，蒂格里丝，轮到你去体验名副其实的新年快乐了。”

她紧握住我那只拿着硬币的手，调皮地笑着，就像我们每次偷偷开车出去得逞的笑容一样。我抱了抱奶奶，她身上的味道很好闻，像菲丽都糖果的味道。

这时门外有人敲门。

“哦！”奶奶欢呼一声放开了我，“你在等人吗？”

“没有呀。”爸爸说着看了看我，“我不知道呀，是谁呢？”

奶奶径直走过去开了门。我听到她低声说了些什么，对方回应了她。这时她转过身说：

"有人找你，蒂格里丝。"

我吸了吸鼻子，用袖子擦了擦泪，走到门边去见那个人。是尼科，他戴着粉色的针织帽，围着条纹围巾，穿着厚重的羽绒服和雪裤，眼神真诚又平和。他手臂上挽着一只棕色的大篮子，里面有保温杯、毯子、双筒望远镜。

"我们今晚去看星星吧。"尼科开门见山地说，"你不是想看星星吗，对吧？"

我看着他，不知该如何回应。奶奶和爸爸站在那儿看着我们，满脸狐疑的样子。我用袖子擦了擦刚涌出来的泪水。

"是呀。"我抽着鼻子说，"我们今晚要去看星星的……"

尼科立刻露出了高兴的神情。他晃了晃篮子，我取下了门后挂着的雪裤，穿了上去。然后我穿上了外套，围上了围巾，戴上了帽子和手套。

"我爸妈要我跟大家打个招呼。"尼科对着爸爸和奶奶说，"我们不怎么庆祝新年，不过我爸妈做了意大利肉酱面，还准备喝点香槟。他们要我问你们愿不愿意来跟我们一起吃饭。因为肉酱面做得很多，要是你们能来的话就更好玩了。还是，你们有了其他安排呢？"

尼科好奇地打量着我们的公寓。

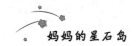

"不……"奶奶拖长了声音否认道，她把烧完的烟花放在了咖啡桌上。

"不……我们今晚没什么事。"爸爸确认说。

他俩默契地对望了一下，爸爸轻轻地点了点头。

"意大利面听起来……不错，告诉你父母我们很愿意去！我们会带甜点去！我烤了个新年蛋糕，这是希腊人新年吃的……"奶奶回头看了看蛋糕，笑容凝固在脸上。

"哇，那还真是……不同寻常。"尼科迟疑地说。

"噢，那个……那是因为我还没放鲜奶油！新年蛋糕上一定要放……鲜奶油的。"奶奶撒谎说。

她的面颊红红的，不过她笑得这么和蔼可亲，尼科说不定就相信了呢。

"那好吧。"他只能说道，"听起来很棒！我喜欢鲜奶油。"

这时沙发上传来呼哧呼哧的喘息声，爸爸好像呼吸不过来了！我正要跑过去喊人来帮忙，突然意识到了什么。我穿着雪裤、冬靴之类的装备，全副武装，走到客厅中间突然停了下来，因为爸爸在大笑！没错！我的爸爸，他在笑。他看着奶奶笑到眼泪都流出来了。他的笑像是翅膀一样，带着我飞过蜿蜒的台阶。

我们走到尼科家门前，他使劲推开了门。

"他们很快就好！一会儿见。"他冲着房间大声说。

"好的。"他妈妈回应道，"玩得开心哪！"

"玩得愉快啊，你俩！"另一个声音喊道。

我们关上了门，朝楼上走去。每走一步我们的冬衣都沙沙作响。

"辫子不错。"尼科走在前面说，"这是你的新发型吗？"

"嗯哼，算是吧。"我跟着往上走，"我们要去哪里呀？"

"星星上。"尼科说着对我闪了个神秘的笑容。

"我们做不到的，是吧？"我怀疑地问，"就算能，这梯子得搭多高呀？"

"一会儿你就知道了！"他说。

尼科家上面一层有扇灰色的门。有人用黑色字体写了"Per aspera ad astra"。我认出了是谁的笔迹。

"这是拉丁文。"尼科说着拿出了他的钥匙。

"那这是什么意思？"我手指划过这些字问道。

"等下你就知道了。"尼科不愿透露。

他选定了一把银色的有很多锯齿的钥匙。插进去跟门锁严丝合缝，他转动钥匙开了门，夜风一下子迎面而来。这里堆的都是些旧物件，灰尘和蜘蛛网遍地都是。尼科朝着一个大大的木梯子走过去。

"在这里。"他指引着说。

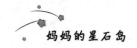

"什么东西啊？"我抽了抽鼻子问。

"我的秘密领地。通往繁星点点的夜空的入口，'Per aspera ad astra'是拉丁语，意思是'历经艰难，你可以摘到星星。'"

他说着从顶上拉下来一条棕色的绳索。一个秘密舱口出现在我们上面，透过这儿可以看到夜空中的点点繁星。

"来吧！"他喊我说。

我们爬上了梯子，上到了房顶。尼科打开卷起来的毯子，他带了两块。一条毯子铺在地上给我们坐，另一条像被子一样盖在身上。我们坐在屋顶，呼吸之间吐露出小小的白色云朵。

"你不冷吧？"他关心地问道。

"没事。"我回道，同时把围巾裹紧了一点。

"我需要思考的时候就经常来这儿。"他说，"我就坐在这儿，看看星星，内心就会很平静。"

从这里我们能俯瞰整个城市，还有远方的万家灯火。茫茫夜空下，我们像两只落在屋顶上的小鸟。一簇烟花飘到了山上，发出砰砰的声响，红红的火星如雨一样散落在夜空之中。

"你要来点吗？"尼科拿着保温杯问，"里面是热巧克力。"

　　我不知道要说些什么，所以就点了点头。尼科倒了一些到绿色的小陶瓷杯里，然后递给了我。

　　"天下第二的好妈妈。"杯子上有这样的字。

　　我望着保温杯，上面用擦不掉的马克笔着重写了"第二"，我现在轻易就能认出这个笔迹了。

　　"嗯，那是我有次对妈妈生气时写的。不过他们现在呀，每天早上都争着用这个杯子。对了，我还带了蛋糕。我不知道你喜欢什么样子的，所以我烤了个老虎蛋糕，是香草巧克力口味的大理石蛋糕。你喜欢吗？我家人老是称为老虎蛋糕，因为形状看起来像老虎。"他笑着说。

　　我轻轻地点了点头。他脱下了手套，拿出厨房纸巾包着的蛋糕递给了我。蛋糕还是热的，我拿起来塞进了嘴里。这是我吃过的最好吃的蛋糕，差不多跟……野生谷物磨粉做成的面包圈一样美味。可惜我再也没机会吃到了，再也见不到……想到这里，我忍不住哭了起来。

　　"是我让你伤心了吗？"尼科慌忙问，"对不起，要是我……"

　　"不是的。"我用手套擦了擦冰凉的眼泪，"蛋糕特别好吃。我难过是因为箱子不见了，那不是一只普通的箱子，那是整个世界……"

　　此刻置身于繁星之下，我有些触景生情，尼科体贴地

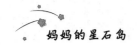
没有深究。可能因为这个，我突然想倾诉一番，于是告诉了他整件事的来龙去脉。告诉他我经历的车祸，为什么我胸前有一道疤痕，还有两个小恶魔的故事，还有妈妈和叫狮子的里奥，还有暗影、星石、阿里安和星石岛。等我喝到最后，热巧克力已经凉了下来。不过没关系，还是很好喝。

"我知道你肯定不信我。"我啜饮着剩下的凉了的巧克力，"不信我去了另外一个世界，见到了我妈妈和里奥，不信星石岛是真实存在的。"

"我相信你。"尼科坚定地说，"我知道你说的是真的！要是你去过星石岛，那个地方就是存在的。存在的形式有很多种。"

这话让我想起妈妈，她说过人可以以各种方式存在，在梦里、在脑海里。

"还有，"他接着说，"还有你的斑纹，不正是它才让你成为一只勇敢的老虎的吗？"

"我也不知道。"我怅然地说，"我从没这么想过，嗯，蛋糕还有吗？实在是太好吃了。"

"还有很多呢。"他答道，"想吃多少都有。"

我们吃掉了整个蛋糕，然后拿出望远镜一起看星星。跟尼科一起看星星真的很棒，他也了解一些星座，不过没我知道的多。

"那是双子座,叫'双胞胎'。"我的手指在天空划过,"那是里奥,狮子座。那边那个是莱拉,天琴座。"

"哇。"尼科感叹道,"美丽极了。"

"嗯。"我附和道,"是挺美的吧。"

楼下有户人家开了窗户,音乐和着人声在黑夜里流淌。我认出了那些声音,是从尼科家传出来的。奶奶唱起了希腊的新年快乐歌,我已经没有精力去觉得尴尬了,想想这样其实挺好的,大家都很开心嘛。尼科的爸爸妈妈也加入了,他们在一起唱歌。接着我听到了一个更加低沉的声音,有些格格不入,像爸爸的声音。

"这样好吗?"尼科对我说,"我给你配一把钥匙,这样你想什么时候来这里就能随时来了。"

听到这话,我心里涌起一股暖流。

"这儿以前是我的秘密领地,不过要是你也来的话,就更有意思了。"他说,"而且这里是绝佳的观星点,清清楚楚的,是不是?"

"看得很清楚。"我附和着,躺在毯子上,望着夜空。

仔细想想,天上可能不止有一千颗星星呢。夜空繁星点点,看起来无穷无尽。

老虎岛的老虎

　　第二天早晨醒来，我躺在床上想了很久，我望着书桌下的暗处，原先放箱子的地方。心里那只黑色的大鸟又张牙舞爪地在到处游走。我把手放在胳膊上，因为我感受到了双胞胎弟弟在戳我的胳膊。软软的辫子在我肩膀上卷曲着，我看着妈妈的照片，小心地用手梳理了辫子。照片里的她像是要探出头来，去闻放在面前的玫瑰。

　　爸爸敲了敲门，隔着门缝看着我。

　　"你还难受吗，亲爱的？"

　　我点了点头，看向妈妈。

　　"今天还想去墓园吗？"

　　我点了点头，目光还在妈妈身上。

　　"要是你愿意的话，我们也可以改天去。"爸爸体贴地建议道。

　　我盯着桌子上的玩具老虎，摇了摇头。

　　"就今天吧。"我对着玩具老虎说，"我想今天就去墓园。"

　　"那好吧。"爸爸说，"你要是改了主意就告诉我，改天去也没关系。"

　　他站在那儿凝视着我。我起身去找毛衣。

　　"那先吃早饭？"爸爸提议说。

　　"好的。"我应道，"然后我们坐地铁去。"

　　奶奶已经坐在餐桌前了，吃着加了肉桂粉和燕麦牛奶的米粥。我们进来的时候她在喝咖啡。

　　"已经开始了吗？"她问我。

　　"什么？"我不明白。

　　"好运啊！金币带来的好运，你知道的。"

　　"嗯。不，我不相信这些东西。"我说着在沙发长凳上坐了下来。

　　"我还以为你信呢！"奶奶说。

　　"那是去年的时候。"我回道。

　　"那是前天呀，你戴着那朵玫瑰的时候？"

　　"对呀，是去年了。"我开始摆弄沙发垫。

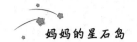

爸爸给我盛了一碗米粥，上面撒了些肉桂粉，看起来像棕色的雪花。然后他倒了些燕麦牛奶进去，像下了白色的雨。我坐在餐桌前思索着，也许一切都是一场梦？也许我之前是在箱子里睡着了做的梦？但爸爸确实说我们没有这样的木箱啊。

奶奶把眼镜拉到了鼻尖处，关心地看着我。

"蒂格里丝，"她喊道，"怎么了？"

我摇了摇头。

"没什么。"我开始低头吃米粥了。

奶奶望着爸爸，他长长地吸了口气，问道："我今天能借用下车吗？"

我还以为自己听错了，奶奶想必也是。她正要把一勺米粥送到嘴里，听到这话勺子咚的一声掉到了碗里，燕麦牛奶溅得满桌都是。

"汽车？"奶奶诧异道，好像不相信自己的耳朵一样。

"是的，就是可以开的汽车。"爸爸说着嘴角泛起涟漪。

"可你借它干吗呀？"奶奶好奇地问，"你不开车了，不是吗？"

"我和蒂格里丝今天想去墓园。"

爸爸终于放下了心结，奶奶欣慰地笑了，直至笑出了眼泪。她欠身将手伸向对面，抚摸着爸爸的脸，好像对面的爸爸还是个小男孩儿一样。

"当然可以借给你了。"她开心地说。

奶奶走到客厅，从外套口袋里拿出了一串叮当作响的钥匙链，然后解下车钥匙递给了爸爸。她看起来开心极了，直接把车钥匙按进了爸爸手里。

我刚吃完米粥，就去房间里拿了礼物。我不知道里奥能不能收到。我甚至不知道自己有没有真正见过他，星石岛是否真实存在。玩具老虎倒是真真切切地摆在我的书桌上。既然我答应过他，那我还是带去墓园给他。我拿下了之前写的"圣诞快乐7.0"的字条，重新写了一张留言。

"你应该好久没坐过车了吧。"爸爸坐进驾驶座的时候说。

"呃……"

"我是说，上次坐车是好几天前了吧？"

他冲我笑着眨了眨眼睛。

"我都知道。"他说着松开了手刹，"我知道你俩有时候会开车。没关系的，蒂格里丝。其实我很久之前就知道了。要我说是件好事，你没有遗传我怕车的毛病。"

爸爸坐到了司机的位置，手放在变速杆上，车轮开始慢慢转动了。爸爸提起了手刹，汽车猛地停了下来。他坐在那儿沉默了一会儿，盯着挡风玻璃。

"距离我上次开车有些年头了。"他说，"有十年半了吧……"

他握着手刹的手开始颤抖。

"那不是你的错。"我小心翼翼地说，"那天下了场雪……交通信号灯也坏了。"

爸爸咬牙点了点头，晃了晃脑袋，一只平稳的手按着另一只略颤抖的手，试图驱走一些紧张。然后他轻轻抬起刹车、挂挡，倒车出库。

"现在我们这才叫开车嘛。"他的声音听起来有些喜悦。

我们真的开出去了。

要说奶奶开车慢，跟爸爸比根本不算什么。我们的车像一条红色的金属蛇，沿着冬天的道路一点点滑行到墓园。

"我觉得除了那个旁边应该还有别的挡位。"我提醒爸爸。

"车开得多快得司机说了算。"他回答我。

"你是说多慢吗……"我嘟囔着，自己从杂物箱里拿了几颗菲丽都糖。

我们到了墓园，爸爸去停了车，他检查了好几次确认刹车成功。接着我们跟从前一样去了旁边的花店。爸爸选了一束红玫瑰，我找到一棵带杏核状叶片的小树，看起来非常与众不同。

"盆景啊。"店员说,他正要接着说什么的时候,我打断了他:

"就算它在雪地里冻死也没关系,哪怕被雨淋死,被太阳晒死。因为,你也知道的吧,墓园里的所有人都死了?"

爸爸咧开嘴笑了笑。

"噢,难怪你这么眼熟。"店员恍然大悟说,"你就是那个……"

"讲冷笑话的?"我接过话来。

爸爸揽着我走出了花店。我们并肩往前走,雪在脚下嘎吱作响。我们呼吸着,吐出了一团团白色的云。虽然我们才来过不久,这儿已经变了模样。这个墓园我看过很多次,不过也许我从没真正地认识过它。

"这儿真美。"我环顾四周,所有的坟墓都躲在大雪织成的厚厚的毯子下。

"嗯。"爸爸应道,"我没想到自己会这么说,不过……我觉得这地方能抚慰人心,让我觉得很平静。你觉得呢?"

"是呀。"我附和道,"真是奇怪呢。"

路上到处散落着小石子,一些墓前摆放着浆果和松球做成的花圈。小小的纪念花园里到处闪烁着烛光,以前我们都是径直走过去的,今天才发现还有鲜花和小小的留言字条。墓园是个悲伤的场合,不过有个地方能让你怀念逝

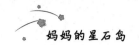

去的亲人也挺好的。我想以后多来这里，一会儿我要告诉爸爸。

我也说不出为什么，离妈妈的墓碑越近，我心里越紧张。我用手抚弄着肩上的发辫。一转眼我们就到了，我看到了那棵长满了树瘤的大树。

妈妈的坟墓就在眼前。

"居然……又发生这样的事！"爸爸难以置信地说，"我们之前在这儿放了鲜花，我还留了只毛绒玩具。现在它们都不见了！"

爸爸叹了口气。

"东西老是丢！还好我们这次又带了新的花。"他无奈地说，"还有一个新的礼物，可是我就不明白了……"

棕色的帚石楠依旧茂密，植株高大，一直在疯长，毫不客气地爬满了墓地。

爸爸咕哝着捡起空花瓶。

"我搞不懂……"他喃喃地摇了摇头，然后去灌了些新鲜的水来放玫瑰花。

我掸了掸墓碑上的雪，看到了妈妈的名字。

"嗨，妈妈。"我说着用手去摸她的墓碑。

我的手暖暖的，墓碑是冰凉冰凉的。我把小盆栽放在了冰封的地上，妈妈心脏所在的地方。我心里长了一棵樱桃树，这下妈妈的心里也有了一盆盆景。我慢慢地从墓碑上抽回手，对着冰凉的手指呵着热气。

踩着雪的咯吱咯吱的脚步声越来越近，爸爸带着花瓶回来了。他把玫瑰放进水里，溅起了一点水花，然后把花瓶放在墓前。我们就并排站在那儿，看着妈妈的墓碑，谁也没有说话。

时间一点一滴流逝，我们还是站在那儿一言不发。

爸爸的手抖了抖，他对着坟墓弯下腰，对我说："我们来见见里奥吧。"

他缓缓地扒开了帚石楠花丛，我顺着他的手看去，一下子陷入了恍惚。爸爸还要往下再挖一点才能看全名字，终于出来了，就在妈妈的名字下面，金色的字迹写着里奥的名字。他的名字下面写着："我们最爱最想念的狮子。"墓碑的一角，他的生卒年下面，刻着一只沉睡着的金色狮子，狮子周围有一圈金色的圆点。

我忍不住哭了起来，这么久以来我一直想看看里奥的墓碑，我一直巴望着爸爸能跟我讲他的故事。可现在我后悔了！我不想再听到关于里奥的任何事情！

可爸爸还是一直在说。

"我这辈子最幸福的时刻就是第一次抱起你俩的时候。你俩是我在世上最珍贵的宝贝！我每天都想起他……"

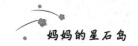

爸爸转过身，看到了我愤怒的泪水。

"为什么他要死呢？"我哭着喊道，"为什么他和妈妈要离开，要死掉呢？！"

爸爸把我抱到了他的腿上，他紧紧地搂着我。

"我不知道。"他的头埋进我头发里，轻声对我说，"他们的死亡完全没有道理。"

"岂止是没有道理！"我怒声说，"这是世上最讨厌的事情！"

"是呀。"爸爸吸着鼻子说，"确实是，不过生活还要继续，蒂格里丝。你也看到了，我们必须要往前走。人是有权利悲伤的，我现在难过极了！"

他温暖的手抚过我的头发，把我抱得更紧了，轻轻地前后晃着。

"可是，你知道吗？"他过了一会儿说，"我也特别幸福。"

"你怎么会觉得幸福呢？"我大声质问道。

"你难道不知道吗？"爸爸解释说，"那两个小婴儿还有一个在我怀里呢。你还在呢，蒂格里丝。你还在我身边，你是我见过的最美好的人了。我不愿每次想起里奥都是难过的样子……我不能这样！我不想我的儿子变成监狱！我希望他变成一片红玫瑰地，即便他死了，在我心里也是活着的。他活在我心里！"

爸爸说到最后几乎是喊出来的，声音在墓园里回荡着。黑色的鸟儿叽叽喳喳地叫着从天空飞过。我紧紧地抱着爸爸，在他的围巾上蹭了蹭我的鼻子。

"尽情哭吧，难过的时候能哭出来就好了。"爸爸说。

我又哭了一会儿，就因为我现在能哭出来了，就因为哭出来感觉舒畅多了。眼泪在心里积蓄多年，变成一望无际的大海，现在这片海就像对着天空决堤了。

"其实我也觉得幸福。"过了一会儿，我抽着鼻子说。

"那就好了。"爸爸应声说，手掌抚过我的背，"你为什么觉得幸福呢？"

"我有个弟弟。"我说着还在抽着鼻子，"一个很厉害的狮子弟弟！"

爸爸笑了笑，小心地用他围巾的一角擦掉了我的眼泪。

"你看到那些圆点了吗，就在墓碑最下面？"爸爸问。

望着狮子周围的小圆点，我点了点头。

"这些是星星。"爸爸说，"你妈妈总说你俩会在一千颗星星下长大。别的父母给孩子取昵称都是抱抱兔、小甜饼什么的……你妈妈就不一样了。她总说你俩是她的星石。你俩是她的整个天与地。"

听到爸爸这么说，一阵激动从我的心脏一直传遍我的全

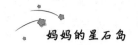

身，有种热热的痒痒的感觉。我吸了吸鼻子，从爸爸的膝上滑下来，拿出了背包里的玩具老虎。我的手轻轻拂过上面的新留言："给我远在星石岛的弟弟里奥，来自老虎岛的姐姐，蒂格里丝。"

我蹲下来把玩具老虎放到了里奥的墓碑旁，靠着金色狮子。我十分想念他，胳膊仿佛在期待他还能轻轻地戳我一下。

"要是没有了，你可不要伤心啊。"爸爸提醒道，"我放在这里的所有毛绒玩具都不见了。奇怪了，我找过墓地的管理员，问过牧师，还有一次我很生气甚至打电话问了主教！不过他们都没能解答我的问题。我真的搞不明白那些鲜花和毛绒玩具去哪里了……"

就在那时，一个小小的硬物落下来砸到了我的头。

"啊呜！"我叫道，"什么东西呀？"

我抬头看了看光秃秃的树，爸爸侧过身来扒拉我的头发。

"太奇怪了……"他自言自语道，"大冬天的，哪儿来的？"

他从我头上拿下了一个小小的东西，放在了我手里。他的手拿开之后，我看到了，就在我的掌心，棕色的圆圆的东西。要是我告诉你那是一颗樱桃核，你会相信吗？